WITHDRAWN

Maisey Yates
Atraída por su enemigo

Editado por HARLEQUIN IBÉRICA, S.A.
Núñez de Balboa, 56
28001 Madrid

I.S.B.N.: 978-84-9010-861-1
Depósito legal: M-8381-2012
Editor responsable: Luis Pugni
Fotomecánica: M.T. Color & Diseño, S.L. Las Rozas (Madrid)
Impresión en Black print CPI (Barcelona)
Fecha impresion para Argentina: 5.11.12
Distribuidor exclusivo para España: LOGISTA
Distribuidor para México: CODIPLYRSA
Distribuidores para Argentina: interior, BERTRAN, S.A.C. Vélez
Sársfield, 1950. Cap. Fed./ Buenos Aires y Gran Buenos Aires,
VACCARO SÁNCHEZ y Cía, S.A.
Distribuidor para Chile: DISTRIBUIDORA ALFA, S.A.

Capítulo 1

ESTO es todo?

El hombre, alto, moreno y muy guapo que acababa de entrar en la pequeña boutique de Elsa miró con desprecio a su alrededor.

Ella se obligó a sonreír.

–Sí. Toda la ropa es parte de la colección de Elsa Stanton y en estos momentos no es mucho porque estamos trabajando... a nivel local.

La industria de la moda no era precisamente barata y Elsa todavía se estaba abriendo camino en ella, pero al menos podía producir su colección y venderla en su propia tienda, y eso ya era todo un logro.

–Tenía curiosidad por saber qué era lo que acababa de adquirir –comentó el hombre.

–¿Qué quiere decir?

–La marca Elsa Stanton y la tienda, tal y como está.

La voz del hombre era suave y ronca, como si estuviese repitiendo una frase que tenía muy ensayada, aunque, en realidad, fuese ridícula. Y, al mismo tiempo, había en él una autoridad, una aspereza, que hizo que a Elsa le costase expresar lo que tenía en mente.

Lo vio acercarse y se sintió como si le hubiesen dado un puñetazo en el estómago al reconocerlo. Era Blaise Chevalier, inversor despiadado, tiburón empresarial sin escrúpulos y estrella de la prensa amarilla. Era famoso, o más bien infame, en París. Más rico que Midas y más que guapo. De piel color moca, increíbles ojos caramelo y constitución perfecta. Podría haber sido modelo si hubiese poseído esa cualidad andrógina que poseían todos los modelos. No, Blaise era muy masculino, alto y con los hombros anchos, tenía un físico hecho para vestir un traje caro, hecho a medida.

Si no lo había reconocido nada más verlo, era porque las fotografías no le hacían justicia. En carne y hueso era muy distinto a como era en papel. No tenía ese aire de playboy despreocupado, solo un aire siniestro que la hacía estremecerse y una energía sexual que ningún fotógrafo había sido capaz de captar.

Lo vio meterse la mano en el bolsillo de la chaqueta y sacar unos papeles de color crema, gruesos, no como los que utilizaba ella para imprimir en su despacho. Sintió un escalofrío, pero se puso recta y estiró la mano.

Él le dio los documentos y se quedó mirándola con expresión indescifrable. Elsa leyó y notó cómo el estómago se le caía a los pies y se le nublaba ligeramente la vista.

–¿Le importaría traducirme? No hablo jerga legal con fluidez –le pidió.

–¿En resumen? Que ahora soy el acreedor hipotecario de su negocio.

Elsa notó calor en el rostro, como siempre que pensaba en la importante deuda que había adquirido para poner en pie el negocio.

–Eso ya lo veo. ¿Cómo... ha ocurrido?

Si se lo hubiese dicho otra persona, no lo habría creído, pero conocía a aquel hombre, aunque fuese solo de oídas. Y que estuviese allí con documentos del banco no era buena señal.

–El banco que le dio el préstamo ha sido absorbido por otra institución financiera. Han subastado la mayoría de los pequeños créditos, incluido el suyo. Y yo lo he comprado junto a otros mucho más interesantes.

–Entonces, mi negocio... ¿no le interesa? –le preguntó Elsa, apartándose un mechón de pelo rubio del rostro y sentándose en una de las sillas destinadas a los clientes.

–Podría decirse así.

Ella pensó que las cosas no podían irle peor.

Blaise Chevalier tenía fama de despiadado y caprichoso, de ser capaz de traicionar a su propio hermano con toda frialdad. Aplastaba empresas, ya fuesen grandes o pequeñas, si no le parecían rentables.

Y era el dueño de su boutique, de su taller, de su apartamento... hasta de sus máquinas de coser. De todo lo que a Elsa le importaba en la vida.

–¿Y a qué conclusión ha llegado? –le preguntó esta, poniéndose en pie de nuevo.

No podía venirse abajo en esos momentos. Había demasiado en juego. Su carrera, su colección, su vida. Todo por lo que había trabajado, un sueño que no estaba dispuesta a perder.

—Yo me dedico a hacer dinero, señorita Stanton. Y su boutique y su colección no hacen el dinero suficiente para cubrir los gastos y hacer que pueda ganarse la vida decentemente.

—Pero lo harán. Solo necesito un par de años. Con un poco de publicidad tendré una importante cartera de clientes y podré empezar a llegar a las pasarelas.

—¿Y después?

—Y después...

Elsa conocía la respuesta a aquella pregunta. Lo tenía todo planeado, hasta el color del vestido que llevaría a la Semana de la Moda.

—Después iré a la Semana de la Moda de París, a la de Nueva York, a la de Milán. Mi colección se venderá en más tiendas. Lo tengo todo en una carpeta, si quiere ver mi plan de negocio a cinco años.

Él la miró como aburrido, sin interés.

—No puedo esperar cinco años a que me devuelva el préstamo. Y, por lo tanto, usted tampoco dispone de cinco años.

Aquello la enfadó.

—¿Qué quiere que haga, que me pasee por la calle con un cartel para dar publicidad a mi negocio? —inquirió—. Todo necesita su tiempo. La industria de la moda es muy competitiva.

–No, estaba pensando en algo con más... clase –le dijo él en tono burlón–. A buscar una clientela más exclusiva, que no se limite a turistas y mochileros.

Su acento francés, que en otros hombres era encantador, sonaba diferente en él. Más duro. Y había algo más en su manera de hablar, un toque más exótico y fascinante.

Aunque eso no cambiaba el hecho de que hubiese entrado en la boutique como si fuese suya y luego le hubiese comunicado que, de hecho, era suya.

–¿Para qué, si me va a pedir que le devuelva un dinero que no tengo? –le preguntó Elsa.

–Yo no he dicho que vaya a hacer eso. He querido decir que espero que obtenga más ingresos en mucho menos de cinco años.

–¿Y se le ocurre algún truco de magia para conseguirlo?

Elsa sabía tratar a las personas como él, que pensaban que podían controlar a todo el mundo. Había aprendido por las malas a no tener miedo y a no mostrar ninguna debilidad.

–No me hace falta la magia –respondió él, sonriendo de nuevo.

No, claro que no. Además de ser famoso por su dureza, también lo era por haber abandonado la empresa de servicios de inversión de su padre para montar una propia.

En más de una ocasión, mientras luchaba por seguir adelante, Elsa había leído algún artículo acerca de él en un periódico y se había preguntado cómo habría conseguido tanto éxito solo.

–¿Sin polvos mágicos? –le preguntó, cruzándose de brazos.

–Solo los débiles necesitan suerte y magia –contestó él–. El éxito es para quienes actúan, para quienes hacen que las cosas ocurran.

Y, sin duda, él hacía que las cosas ocurriesen, y sin remordimientos.

–¿Y qué es exactamente lo que quiere que ocurra con mi empresa? –le preguntó Elsa con un nudo en el estómago.

Sabía que iba a perder el control del negocio o que, con un poco de mala suerte, iba a quedarse sin nada.

Sin taller. Sin tienda. Sin fiestas. Sin los amigos que había conseguido gracias al pequeño nombre que se había hecho. Estaba al borde del vacío. Ya había salido de él en una ocasión y no quería volver a caer.

–Tengo que admitir que la industria de la moda me interesa muy poco, pero su empresa estaba en el paquete de créditos que adquirí, así que investigué un poco y me di cuenta de que, tal vez, hubiese llegado el momento de empezar a tenerla en cuenta. Es mucho más lucrativa de lo que había pensado.

–Si juegas bien tus cartas, sí, se puede ganar mucho dinero.

Aunque para ella no era tan importante el dinero como el éxito.

–Si juegas bien tus cartas, pero usted no es precisamente una maestra en el juego, mientras que yo sí que lo soy.

Blaise se acercó más y pasó la mano por el respaldo de madera de la silla en la que Elsa había estado sentada. Esta retrocedió un paso, consciente de cómo movía él la mano por la madera labrada, casi como si la estuviese tocando a ella. Se le aceleró el corazón.

–No soy una novata. Estudié empresariales y diseño. Tengo un plan de negocio y un par de inversores.

–Inversores pequeños que carecen de contactos y de la financiación necesaria. Necesitas más que eso.

–¿Qué necesito?

–Publicidad y efectivo para que tu plan a cinco años lo sea a seis meses.

–Eso no es...

–Lo es, Elsa. Yo puedo hacer que estés en la Semana de la Moda de París al año que viene y, hasta entonces, que tu colección aparezca en portadas de revistas y vallas publicitarias. Una cosa es tener tu boutique propia y otra muy distinta, tener una distribución y un reconocimiento mundiales. Yo puedo darte eso.

Elsa notó que perdía las riendas, perdía el control. Apretó los dientes.

–¿A cambio de qué? ¿De mi alma?

Él rio.

–Ya dicen por ahí que he perdido la mía propia,

así que no tengo interés en la tuya. Se trata de dinero.

Para ella, era más que eso. El dinero era solo dinero. Podía ganarlo de muchas maneras. Para Elsa se trataba de convertirse en alguien. No quería que aquel hombre, ni nadie, participase en su negocio, ni en sus logros.

No lo quería, pero tampoco era tonta.

Tenía que devolver un importante préstamo y para devolverlo necesitaba tener éxito.

–¿Cree que puede darme órdenes?

–Sé que puedo. Como acreedor, tengo que estar satisfecho con el negocio. Y por el momento, no estoy convencido –le dijo Blaise, volviendo a mirar la boutique con desprecio.

Como si no fuese nada. Como si Elsa no fuese nada. Esta sintió que le ardía el estómago de emoción, de ira, de impotencia. De miedo. Lo que más odiaba era el miedo. En teoría, hacía mucho tiempo que había dejado de tener miedo.

–¿Y si no quiero que usted dirija mi negocio? –preguntó.

–Entonces, desconectaré. No puedo perder el tiempo con un negocio que no va a ir a ninguna parte y no soy de los que se sientan a esperar.

–Pero cobraría intereses por la inversión, ¿no?

–Un veinticinco por ciento.

–Eso es un robo –replicó Elsa.

–En absoluto. Trabajaré para ganarme ese dinero y esperaré que tú también lo hagas.

–¿Y pretende que haga lo que usted me diga?

Él agarró la silla con fuerza.

–Considérate afortunada, Elsa. En otras circunstancias, te cobraría muy caro por aconsejarte. En este caso, si tú no ganas dinero, yo tampoco. Me parece más que justo.

–¿Y pretende que le dé la gracia por la OPA hostil?

–No es en absoluto hostil. Son negocios. Yo invierto donde hay beneficios, y no pierdo el tiempo si no los hay.

Elsa recorrió la boutique con la vista. No podía reducirla a cifras y proyectos porque, para ella, era mucho más, pero él lo había hecho.

E iría todavía más lejos. El brillo de sus ojos y la firmeza de su mandíbula le hicieron saber que no debía tomárselo a la ligera.

–Sales bastante de noche, ¿verdad?

Blaise vio cómo Elsa se ponía tensa y apretaba los labios pintados de rosa. No le gustaba que la juzgasen. De hecho, lo que no le gustaba era que él estuviese allí.

Pero no podía negar que si había llegado a donde estaba era porque había asistido a una fiesta importante. Al parecer, iba a casi todos los eventos que tenían lugar en París, al menos, a los que conseguía entrar, que, según había averiguado Blaise, eran casi todos. Una guapa heredera estadounidense con un pasado trágico siempre era bienvenida. Y Elsa se aprovechaba de ello.

–Se llama promocionarse, ¿no hemos hablado ya de ese tema? –inquirió ella, arqueando una ceja.

Sí, era muy guapa, era de constitución delgada, tenía los ojos azules y brillantes, perfilados en tono azul, que hacía que pareciesen todavía más grandes, más felinos. Era evidente que no le importaba llamar la atención. Iba vestida con un vestido negro corto con el que lucía sus largas piernas y unos botines abiertos por la punta que dejaban al descubierto las uñas de los pies, pintadas de rosa.

Blaise sintió deseo, pero lo contuvo. No estaba allí para eso, sino para hacer negocios. Y hacía mucho tiempo que había aprendido a separar ambas cosas.

–Es ineficaz –comentó–. Hace que aparezca tu nombre en las revistas, pero no te eleva al nivel al que esta boutique sugiere que deseas estar.

–En estos momentos solo necesito que mi nombre aparezca en las revistas. Yo ya hago todo lo que puedo para suscitar el interés por la marca Elsa Stanton.

–Pues no es suficiente.

–Gracias.

–Te rebaja.

Ella abrió mucho los ojos.

–Así dicho, parece que me dedique a bailar encima de una mesa mientras grito el nombre de mi empresa. Siempre me comporto de manera profesional.

–Tienes que rodearte de clientes en potencia. Dime, ¿esa gente con la que estás en las fiestas viene después a gastarse el dinero en tu boutique?

–Algunos...

–No los suficientes. Necesitas tener contactos en la industria. Contactos con la clientela que quieres en realidad.

–Estoy trabajando en ello, pero no todos los días me invitan a eventos exclusivos –comentó, cambiando el peso del cuerpo de pierna y apoyando una mano en su cadera.

Fue entonces cuando Blaise lo vio. La piel rosada y brillante que contrastaba con la cremosa perfección de sus dedos. Eso era lo que la había hecho famosa nada más llegar a París. Que era una heredera norteamericana que hacía gala de su dolor como si fuese un trofeo e intentaba sacar provecho de las cicatrices y de su tragedia personal. Los medios de comunicación se interesaban por su triste historia, por el incendio que la había marcado, y ella se aprovechaba de las circunstancias.

Una cualidad que Blaise admiraba. Al darse cuenta de que había adquirido su préstamo, había pensado que no podía perder el tiempo con una niña mimada que estaba jugando a ser diseñadora.

Pero después de ver las cifras de ventas y de hablar con un par de profesionales de la industria, que le habían asegurado que Elsa tenía talento, había cambiado de impresión. No estaba jugando, era buena.

Estaba trabajando duro para tener éxito, pero él sabía que podía ayudarla a ir más lejos.

Lo importante eran los beneficios. Y él iba a sacar los máximos beneficios posibles de Elsa Stanton.

–Pero a mí sí que me invitan. Y sé qué hacer cuando se presentan las oportunidades. Ya tengo contactos con los que tú solo podrías soñar. Habrás leído acerca de mi capacidad para aplastar empresas si es necesario, pero también sé levantarlas. De hecho, se me da estupendamente. La única cuestión es cuál de mis habilidades quieres que emplee con la tuya.

–¿Qué quiere a cambio? –le preguntó ella entre dientes.

–Muy sencillo. Que, cuando se trate de negocios, hagas lo que yo te diga. Al pie de la letra.

–Entonces, lo que quiere es tener el control, ¿no? No es tanto –le dijo ella con naturalidad.

–Lo que quiero es que tu marca se convierta en una marca conocida. Que todo el mundo al que le interese el mundo de la moda quiera tener algo de la siguiente colección de Elsa Stanton. Que tu ropa se venda en todas partes, tanto en boutiques de alta gama, como en centros comerciales. Y si tengo que asumir el control para conseguirlo, lo haré.

–¿Y si pudiese devolverle el préstamo?

–¿Preferirías seguir trabajando sola a aprovechar esta oportunidad?

–Es mi negocio, no una oportunidad para que usted gane dinero –le dijo ella, respirando con dificultad.

Blaise no pudo evitar fijarse en cómo ascendían sus pechos, y bajar después la vista a su estrecha cintura y a la curva de sus caderas. Era una pena que no mezclase el placer con los negocios.

–¿Crees que alguien te prestaría el dinero en estos momentos, Elsa?

Ella palideció.

–Supongo que no, pero mi plan de negocio es bueno y...

–Es un plan con muchas variables, me parece. Y aunque, en general, puede salir bien, no va a ser una garantía suficiente para ningún banco. Has acumulado mucha más deuda desde que pediste el préstamo.

–La moda siempre es cara. Lo último que he hecho me ha costado mucho dinero y solo he recuperado parte de la inversión.

Se dio cuenta de que no tenía elección, si no quería perderlo todo.

Respiró hondo e intentó recuperar la serenidad.

–Estoy dispuesta a trabajar con usted en lo que sea necesario para asegurarnos el éxito.

Blaise sonrió con malicia. Sabía que no estaba tranquila, sino más bien enfadada. Tenía los puños cerrados.

–No te lo tomes de manera personal, Elsa. Solo se trata de ganar dinero. Si en algún momento queda claro que no vamos a ganarlo, abandonaré el proyecto.

Elsa tendió la mano y él se la agarró con fuerza, haciéndole sentir como un latigazo que la dejó con las rodillas temblorosas.

Levantó la vista y lo miró, y vio calor en sus ojos. Atracción. Él miró sus manos unidas. La suya era grande y morena, la de ella, pequeña y pálida.

Le acarició con el dedo pulgar una de las cicatrices que tenía en el dorso.

Elsa dejó de sentir calor y se estremeció. Notó cómo la invadía el frío y apartó la mano.

–Será un placer hacer negocios contigo –le dijo Blaise sin apartar la vista.

Capítulo 2

AQUÍ es.

Elsa abrió la puerta de su taller y entró delante de Blaise. Habían pasado un par de días desde su primer encuentro en la boutique.

Él había tenido tiempo de valorar algunas de las otras empresas de las que era acreedor y de asegurarse que quería centrarse en la de Elsa. Cuanto más se había informado al respecto, más se había convencido de que era la que más potencial tenía.

Esa mañana, cuando la había llamado y le había pedido ver el taller, ella se había molestado. Incluso en esos momentos evitaba mirarlo. A Blaise le resultaba divertido.

El taller era espacioso y tenía el mismo estilo que su dueña. El techo era negro y las vigas de acero que lo recorrían eran de colores brillantes. Le recordaba al modo en que iba vestida Elsa.

En esa ocasión se había puesto unos leggings negros y una camisa larga con un cinturón. Y a Blaise le costó trabajo apartar la mirada de su redondeado trasero.

–Aquí tengo todas las muestras y los patrones –le

explicó esta, llevándolo hacia la pared del fondo, en la que había rollos de tela de muchos colores.

–Tienes una gran colección.

Ella puso los brazos en jarras y expiró.

–Sí, pero es un trabajo caro. Tengo un par de inversores, pero solo para empezar necesité mucho dinero y los desfiles son... bueno, que no puedo permitírmelos.

Blaise bajó la vista a sus labios, pintados de nuevo de rosa. No pudo evitar preguntarse si sabrían a chicle. O si sabían solo a mujer, dulce y terrenal al mismo tiempo.

Su cuerpo respondió ante la idea y tuvo que apretar los dientes para contener la atracción.

–Me gustaría ver detenidamente los registros de ventas de la boutique –le pidió, acercándose a las telas y fingiendo que las estudiaba.

–De acuerdo –respondió Elsa a regañadientes.

Se giró hacia ella, la agarró de la barbilla y la obligó a mirarlo. Era la primera vez que bajaba la guardia delante de él. Y solo duró un momento.

–¿Necesitabas algo?

–Solo los registros de ventas. Forma parte del negocio, Elsa. Necesito saber con qué estoy trabajando.

–Lo siento –respondió ella, retrocediendo–. No estoy acostumbrada a que nadie husmee entre mis cosas.

Sacó un ordenador portátil del enorme bolso que llevaba colgado del hombro y lo dejó en una de las mesas de trabajo. Lo encendió y se inclinó hacia delante.

–Te prometo que seré rápido e indoloro.

Elsa arqueó una ceja y lo miró de reojo.

–¿Eso les dices a tus citas? –le preguntó.

Y se arrepintió al instante. Sobre todo, al ver que él sonreía y le brillaban los ojos. Se acercó a ella con la mirada clavada en la suya.

–Mis citas no necesitan que las tranquilice –respondió en voz baja, acercando su rostro al de Elsa–. Saben lo que quieren y saben que voy a dárselo.

Esta estuvo a punto de replicarle, pero se contuvo. Blaise tenía un prestigio, y no era el único.

A ella también se la conocía en la industria por su atrevimiento, excesivo en ocasiones, pero era solo una manera de actuar, un muro que se había puesto para separarse del mundo. Para proteger a la mujer que había dentro de ella. Y en el contexto de las pequeñas fiestas y de los desfiles, funcionaba bien.

Pero allí, con Blaise, la situación era demasiado complicada para poderla manejar.

Estaban solos y lo tenía tan cerca que, solo con que él moviese la cabeza un poco, le tocaría la mejilla con los labios. La idea hizo que a Elsa se le secase la garganta y se le encogiese el estómago.

Intentó concentrarse en la pantalla del ordenador y se aclaró la garganta. Abrió la carpeta en la que tenía toda la información y giró el ordenador hacia Blaise.

Este recorrió varias páginas con la mirada sin cambiar de expresión. Era como un trozo de madera de caoba. Duro e implacable. Bello también, pero eso no cambiaba el hecho de que un choque con él sería devastador.

–Te va bastante bien –comentó, cerrando el ordenador.

Elsa expiró sin darse cuenta. Le gustase o no, su alianza era lo mejor para el futuro de su empresa.

–Sí. Es una tienda pequeña, pero está muy bien situada.

–Y, aun así, tienes muy pocos beneficios.

–Casi ninguno –admitió ella–. Es un negocio caro. Y ahora que hay más trabajo, he tenido que contratar a varios empleados.

Por mucho éxito que consiguiese, el negocio siempre le exigiría más. Más tiempo, más dinero, más mano de obra, y cuanto más aumentasen los ingresos, más aumentarían los gastos. Era casi imposible avanzar y, sobre todo, imposible conseguir el nivel al que parecía aspirar Blaise.

–Me gusta lo que he visto. Quiero invertir más.

A Elsa le entraron náuseas al oír la cifra.

Lo dijo con toda naturalidad, como si no fuese nada. Aunque, para un multimillonario, no debía de significar nada. Sin embargo, para una mujer que tenía que cenar sopa de sobre casi todas las noches, era mucho.

Manejaba importantes cifras de dinero, pero no le duraban nada en la cuenta corriente. Y jamás había soñado con una cantidad igual.

–Eso es... mucho dinero –comentó.

–Lo es, pero no me gusta hacer las cosas a medias. Quiero que la empresa tenga éxito y eso implica invertir lo que sea necesario para conseguirlo.

Era un terreno muy resbaladizo. No era un préstamo, sino una inversión en la que él ganaba poder y ella se endeudaba todavía más.

¿Pero acaso tenía elección? Si no aceptaba y continuaba a su paso, Blaise se impacientaría. Y allí se terminaría todo.

Nada de aquello le había importado tres días antes, cuando Blaise Chevalier había sido solo otro nombre más en los periódicos, pero en esos momentos era la fuerza motriz de la marca Elsa Stanton. Qué irónico, que hasta fuese el dueño de su nombre. Elsa tenía la sensación de que la poseía a ella.

Pero no le quedaba otra opción más que aceptar que estaría en deuda con él hasta que pudiese comprar su libertad. Porque tenía la esperanza de poder hacerlo algún día.

El dinero no le importaba, solo quería tener éxito.

—En ese caso, ambos queremos lo mismo —le dijo, sabiendo que era mentira.

Él sí que quería dinero.

Lo vio sonreír y se le aceleró el corazón sin saber por qué. Su sonrisa no era una expresión de felicidad, sino más bien el gesto de un depredador satisfecho al saber que estaba acorralando a su presa.

Y Elsa se sentía como una gacela delante de una pantera. A Blaise no le asustaba la sangre. Era un hombre que conseguía sus metas se interpusiese quien se interpusiese en su camino.

—Más o menos —dijo él muy despacio.

—En lo relativo al método, es posible que menos que más.

–Sí, es posible.

–¿De dónde es? –le preguntó Elsa, sintiéndose tonta nada más hacer la pregunta.

La había hecho por su acento, y porque este hacía que se le encogiese el estómago, pero en realidad no quería saberlo.

No quería que Blaise pensase que nada de él le interesaba.

–De Francia. Mi padre es un importante hombre de negocios francés, pero pasé parte de mi niñez en Malawi, con mi madre.

–¿Por qué no vivía en París?

Él se encogió de hombros.

–Mis padres se divorciaron y ella quiso volver a su país natal –le contó él sin ninguna emoción, en el mismo tono plano en el que hablaba siempre.

Y ella se preguntó si de verdad le habría resultado tan fácil marcharse de París a Malawi y separarse de su padre.

Aunque sabía que, en ocasiones, no estaba tan mal cortar los vínculos con la familia.

No obstante, sintió más curiosidad por él y hasta lástima por el niño que había sido.

Luego se dijo que lo mejor sería centrarse en los negocios y no en el exótico acento de Blaise. En el hombre y no en el niño.

–Entonces, teniendo en cuenta que es el cerebro –le dijo, rompiendo el incómodo silencio–, ¿cuáles son sus planes?

–Había pensado en una valla publicitaria en Times Square y en una portada en la revista *Look*.

Elsa tosió.

–¿Qué?

–Conozco a la directora de la revista. Me ha pedido que consiga una imagen de alguna creación tuya que pueda ir bien con la edición de primavera, y que la utilizará para la editorial y para la portada.

–Pero eso es... mucha publicidad.

–*Oui*. Te dije que era bueno.

–Muy bueno –admitió Elsa aturdida–. No puedo creerlo. ¿Y va a hacerlo solo porque lo conoce?

–Le he enseñado tu trabajo por Internet y se ha quedado impresionada. Así que no va a hacer una obra de caridad.

–Pero es...

–Te dije que podría convertir tu plan a cinco años en un plan a seis meses –le dijo Blaise en tono arrogante–. Tal vez quiera entrevistarte también.

Aquel era el tipo de publicidad con el que Elsa había soñado y que temía al mismo tiempo, que podría darle el éxito que se merecía, pero que también sacaría a la luz su vida privada.

Ya se había visto en esa situación a menor escala. Era fácil ponerse un muro delante, sonreír y reír, colocarse de tal manera que saliese la cicatriz del cuello en la fotografía. Darle a la gente lo que quería. No se molestaba en ocultar su pasado ni las marcas que este había dejado en su piel, pero no quería que saliese lo peor de él. Aunque pensase que ya no quedaba nada por decir que pudiese hacerle daño. Ya lo había oído todo, incluso de boca de su propia madre. Y había sobrevivido. No se había derrumbado entonces y no lo haría en esos momentos.

Iba a aprovechar la oportunidad al máximo. Si aquel hombre podía conseguirle una valla publicitaria, una portada y una entrevista, sentiría menos resentimiento por él.

–Eso sería estupendo, más que estupendo, increíble.

–Sé que te encanta la publicidad –comentó Blaise, sonriendo de medio lado.

–Me gustan las ventas que provoca la publicidad –dijo ella.

–¿Qué escogerías para la fotografía?

Elsa atravesó la habitación, agradeciendo que hubiese más distancia entre ambos. No sabía por qué, pero aquel hombre la ponía tensa.

Su aspecto, su fama, todo combinado era una mezcla muy potente. Una mezcla que le daba miedo no saber manejar. Siempre había trabajado con modelos masculinos, muchachos jóvenes, y alguna vez se había sentido atraída por alguno, pero lo había considerado normal. Al fin y al cabo, era una mujer y ellos, hombres.

Pero la sensación que le causaba Blaise solo con mirarlo era diferente. Era atracción mezclada con muchos nervios e ira.

Y él no era un muchacho que trabajase de modelo, era un hombre que, según la prensa, sabía muy bien cómo tratar a una mujer en la cama.

Elsa notó que le ardían las mejillas y apartó el rostro mientras fingía estudiar algunas prendas que había colgadas en un perchero. Tenía que centrarse y dejar de fijarse en lo bien que le sentaba el traje a Blaise.

No era su tipo, su traje, sí. Y eso era todo.

No tenía tiempo ni ganas de explorar una extraña atracción por un hombre que le había hecho una OPA hostil a su vida. No tenía tiempo ni ganas de sentirse atraída por nadie, pero mucho menos por él.

Se imaginó la expresión de horror en su rostro si se le insinuase. Si viese las marcas que había en su cuerpo. Un hombre que salía cada semana con una mujer más bella no querría saber nada de un producto defectuoso.

Y ella lo era.

–El azul, creo –dijo–. Este.

Sacó un vestido corto, de color azul, con las mangas largas, fruncidas.

–Con las botas adecuadas quedará estupendo.

Miró a Blaise y esperó ver... algo en sus ojos, pero su expresión siguió siendo neutral.

–Si piensas que funcionará.

–¿No quiere opinar? –le preguntó, sorprendida y aliviada al mismo tiempo.

–¿Por qué?

–Porque... ¿acaso no es por eso por lo que está aquí?

Blaise se acercó a ella con la vista clavada en el vestido. Levantó la mano, tocó la fina tela, y Elsa se sintió como si estuviese tocándola a ella de nuevo. Como si volviese a tocarle la cicatriz. Nadie lo hacía. Ese era otro motivo por el que dejaba algunas de sus cicatrices a la vista, porque hacían que la gente mantuviese las distancias.

Al parecer, Blaise, no.

Elsa se tocó el dorso de la mano, se lo frotó para dejar de sentir aquel cosquilleo.

–No me preocupa demasiado la moda. Así que te dejo a ti este tipo de decisiones.

–Entonces, ¿tengo poder de decisión?

Él la miró con intensidad.

–Yo no sería capaz de hacer nada con esas máquinas de coser, así que te dejo decidir a ti, que eres la experta. Cuando el experto sea yo, decidiré yo.

Elsa no había esperado tanto de él, pero, aun así, no se sintió bien. Había subestimado su propio poder en la situación. Y tenía que sacar el máximo partido de él.

–Entonces, ¿no pretende vestir a mis modelos? –le preguntó en tono frío.

–Jamás he hablado de eso.

–Pero de todos es conocida su reputación –comentó Elsa–. Pensé que estaba tratando con un pirata. Con una persona que se gana la vida lucrándose a costa de los demás.

Él rio. Fue un sonido casi oxidado, como si no estuviese acostumbrado a hacerlo.

–Veo que has leído muchas historias acerca de mí.

–¿No son ciertas? –preguntó ella, con la esperanza de que fuesen mentira.

–Sí –respondió él, mirándola a los ojos–. Todas

son verdad. Las decisiones que tomo, las tomo para sacar algún beneficio. No hago obras de caridad. Si te ayudo, es para conseguir lo mejor para la empresa y lo mejor para mi cartera. Eso es todo.

No lo dijo en tono amenazador, sino con más suavidad que nunca. Solo le estaba informando acerca de cómo eran las cosas.

La esperanza de Elsa se transformó en un enorme peso en el estómago.

—Bueno, supongo que tendré que sacar el máximo partido posible —comentó, nerviosa.

Era una sensación que no le gustaba. Estaba acostumbrada a tener siempre el control de la situación.

Pero en presencia de aquel hombre no parecía tenerlo. Ni siquiera estaba segura de poder controlar su cuerpo. La asustaba y eso la enfadaba. Era atractivo y cuando la miraba fijamente hacía que se le encogiese el estómago. Y eso la confundía.

Respiró hondo para intentar tranquilizarse. Siempre la había ayudado en momentos difíciles, cuando alguien había intentado herirla.

No estaba consiguiendo protegerse de él, de las cosas que le hacía sentir. La miraba como si pudiese ver en su interior y la hacía sentirse desnuda.

—¿Tienes alguna fotografía de ese vestido? —le preguntó Blaise, sacándola de sus pensamientos.

—Hago fotografías de todos.

—Excelente. Envíamelas por correo electrónico y yo se las mandaré a Karen, de *Look*.

—Por supuesto.

Blaise se giró para marcharse. Sin tan siquiera despedirse, como si su salida fuese suficiente. Elsa estaba en su propio estudio, pero se sentía como si aquel hombre acabase de decirle que podía retirarse.

Apretó los dientes para contener la ira, la ira y algo más, que le hacía sentir calor.

Volvió a abrir el ordenador y se dispuso a enviarle el correo a Blaise utilizando la dirección que aparecía en los documentos que este le había entregado. En los documentos que tanto poder le daban.

Poder sobre ella. Elsa odiaba aquella situación. Y también lo odiaba a él un poco. Se suponía que aquello tenía que ser mérito suyo, no de Blaise.

Adjuntó la fotografía y dejó el cuerpo del mensaje en blanco. No tenía nada que decirle. Trabajaría con él, haría lo que fuese necesario para mantener su negocio. Y, en cuanto pudiese, le devolvería el dinero que le debía y volvería a tomar las riendas. A su manera.

Miró el reloj del ordenador y juró entre dientes. Estaba invitada a un cumpleaños de alguien de la alta sociedad parisina y tenía que ir. Tal vez Blaise no lo considerase una forma de marketing eficaz, pero ella no estaba de acuerdo.

Quizás fuese el dueño de su negocio, pero no era el dueño de su vida.

E iba a ir a la fiesta.

Capítulo 3

ERA una profesional de aquella clase de eventos, de eso no cabía duda. Se llevó la copa a los labios, pero no bebió. A Blaise tampoco le gustaba el alcohol ni el aturdimiento que provocaba. Su idea de divertirse no incluía perder el control.

Vio cómo Elsa se acercaba a un pequeño grupo de mujeres. La vio reír y levantar ligeramente un pie para que pudiesen apreciar mejor los zapatos rosas que llevaba puestos.

El vestido era sin mangas y dejaba al descubierto las marcas de su piel. Eso no parecía preocuparla.

Nadie parecía mirarla con desprecio, pero mantenían las distancias. Blaise se preguntó si sería debido a las cicatrices. A Elsa no parecía importarle.

Era efervescente, segura de sí misma. Sonreía, cosa que no había hecho con él. Él no le caía demasiado bien, cosa a la que ya tenía que estar acostumbrado.

Blaise dejó la copa en la barra y avanzó entre la multitud. Elsa levantó la vista y abrió mucho los ojos, forzó la sonrisa al verlo.

—Señor Chevalier, no esperaba encontrármelo

aquí –lo saludó con amabilidad, aunque era evidente que estaba intentando guardar la compostura.

–No estaba seguro de poder asistir.

No solía ir a fiestas, pero solía hacerlo cuando quería encontrar rápidamente compañía femenina.

Aunque hacía tiempo que no sentía la necesidad. Estaba cansado de juegos. El sexo había sido una catarsis desde que Marie lo había dejado, una manera de intentar borrar los recuerdos, pero había terminado aburriéndole. De hecho, incluso le hacía sentirse mal.

Una de las mujeres que estaba con Elsa lo miró de tal manera que Blaise supo que solo tenía que mover ficha para tenerla en su cama esa noche. Un par de meses antes no habría dudado en hacerlo, pero en aquel momento se sintió incómodo.

Eso lo sorprendió. No recordaba la última vez que le había importado hacer algo inmoral. Hacía mucho tiempo que le habían arrebatado su última pizca de honor y él había accedido a ser el hombre que el mundo esperaba que fuese. Porque era más fácil ser ese hombre, era más fácil seguir el camino que él mismo se había trazado a dar marcha atrás hasta el lugar en el que se había equivocado.

–Pero lo ha hecho –comentó ella sin entusiasmo.

–Sabía que te alegrarías de verme.

Elsa sonrió de manera casi desdeñosa y se cruzó de brazos, haciendo que se le marcasen los pechos en el vestido. Blaise sintió deseo. Un deseo inesperadamente fuerte, en especial, después de que la invitación de la otra mujer solo le hubiese causado malestar.

–Pensé que estaba por encima de este tipo de actos.

–De eso nada –respondió él.

Las demás mujeres los observaban en silencio, con ávida curiosidad.

–Ven conmigo –añadió.

–Estoy bien aquí, gracias –respondió Elsa.

–Tenemos que hablar.

Las mujeres lo miraron a él y luego a ella. Una incluso sacó el teléfono móvil y envió un mensaje con toda rapidez, para difundir la información o para llamar a alguien.

–Pues hable.

–En privado.

Blaise se inclinó y la agarró de la mano. Varias personas más los miraron.

La última vez que le había tocado la mano se había dado cuenta de lo sorprendentemente suave que era, y la cicatriz, todavía más.

La vio separar los labios gruesos y rosados y abrir los ojos, como si no hubiese esperado el contacto. ¿Acaso no la acariciaban sus amantes? ¿O evitaban las partes de su cuerpo que no eran perfectas?

Él siempre había estado con mujeres muy bellas, así que le era imposible saber cómo reaccionaría ante el cuerpo desnudo de Elsa. Sus aventuras nunca le daban tanto que pensar. Esa era otra ventaja de las conquistas de una sola noche.

Pero dejó de pensar con lógica al imaginarse el cuerpo de Elsa. Solo podía sentir un deseo fuerte, elemental, que recorría el suyo con la fuerza de un ciclón.

Le agarró la mano con más fuerza y la sacó del grupo. Elsa lo siguió a regañadientes, tensa.

La llevó hasta una alcoba alejada de la pista de baile y apoyó el brazo en la pared, Elsa retrocedió, dio con la pared y abrió mucho los ojos.

Verla acorralada, asustada, le hizo sentirse fatal, pero entonces la vio cambiar de gesto y su actitud se volvió desafiante.

—¿Qué era lo que querías?

—Hablar contigo. Y como estábamos llamando la atención, he decidido sacarle partido.

—Pues habla.

—Tengo que admitir que la primera vez que te vi no te di el crédito que te mereces.

Ella lo miró sorprendida.

—¿Qué?

—Que no me di cuenta del dinero que podía ganarse con la moda si las cosas se hacían bien.

—No eres un gran conocedor del sector, ¿eh?

—Solo si cuenta salir con modelos.

Ella contuvo una carcajada.

—Salvo que hablases con ellas en la cama del precio de la lana hilada a mano, no, no cuenta.

—Entonces, tengo que admitir que no conozco el sector.

Elsa apretó los hombros contra la pared, como si quisiese fundirse con ella y clavó la vista en algo por encima de su hombro. Inclinó ligeramente la cabeza y Blaise vio que la cicatriz rosada se extendía por la curva de su cuello. Parecía dolorosa. Sin cicatrizar, pero tenía que estarlo.

No era bonita y apartaba la atención de la cremosa belleza de la piel que la rodeaba. Lo atraía con su irregularidad. Todo en ella lo hacía. Levantó la mano y pasó el dedo índice por la piel dañada. Sorprendentemente suave. Como toda ella.

Elsa se apartó. De repente, ya no parecía tan segura de sí misma.

—No —le dijo, alejándose.

—¿No?

Él la agarró de la mano y la hizo volver. Ella obedeció, seguramente solo porque todo el mundo estaba pendiente de ellos. La vida sexual de Blaise fascinaba al público y se daba por hecho que cualquier mujer que lo acompañase era su amante. Siempre había sido así.

Se puso tenso al pensar en pasar la noche con Elsa y se le aceleró el pulso. Su cuerpo respondía a ella de manera elemental, sin preocuparse por las cicatrices que estropeaban su piel perfecta.

Elsa se inclinó para hablarle y que la oyese a pesar de la música.

—No me toques como si tuvieses derecho a hacerlo. Has adquirido mi negocio, no a mí —le advirtió en voz baja, temblorosa.

—Lo sé.

—Entonces, ¿lo haces por morbo? Es una cicatriz, mi casa se incendió. Pensé que lo sabías. Por si te interesa el tema, el artículo del *Courier* no estuvo mal.

Elsa tenía el corazón acelerado y le ardía el estómago. Odiaba aquello. Odiaba lo que una simple caricia le había hecho sentir. Era como si hubiesen sacado a la luz todas sus inseguridades, todas sus limitaciones.

Odiaba que las cicatrices todavía la hiciesen sentirse así. Por mucho que fingiese haberse acostumbrado, todavía odiaba vérselas en el espejo. Odiaba notarlas con las puntas de sus dedos cuando se duchaba.

Nadie... nadie se las había tocado así, como Blaise pasaba el dedo pulgar por su mano, como le había acariciado el cuello.

Solo un hombre antes le había tocado las cicatrices, y había sido para humillarla.

Sus padres habían dejado de tocarla después del incendio. Habían dejado de darle abrazos y habían guardado las distancias, se habían sumido en su culpabilidad.

La caricia de Blaise le había afectado como una descarga eléctrica. Entonces lo había mirado, había visto la perfección de su piel y se había acordado de por qué no podía permitir que la tocase.

Se había sentido avergonzada y no había querido que él se diese cuenta. Ni siquiera quería reconocerlo. Solo quería salir corriendo de allí, pero se sentía paralizada, atrapada. Todos los invitados de la fiesta estaban pendientes de ellos y también había periodistas. Y Elsa no quería que dijesen de ella que se había marchado de la fiesta como Cenicienta del baile.

Era fuerte. No iba a huir.

–Supongo que como tienes la costumbre de tomar cosas que no te pertenecen, no se te ha pasado por la cabeza que tal vez yo no esté de acuerdo –le dijo–. Negocios. Mujeres.

La mirada de Blaise se volvió fría.

–Solo tomo lo que no está bien protegido. Como tu negocio, por ejemplo. Si no estuvieses tan endeudada, no tendría tanto poder sobre ti.

–Ya. Así que la culpa de esto la tengo yo. ¿Significa eso que tu hermano tuvo la culpa de que tú le robases la novia? Fue justo antes de la boda, ¿no? Te acostaste con ella y luego lo hiciste público.

Blaise la fulminó con la mirada.

–Me dijiste que todo lo que había dicho de ti la prensa era verdad, ¿no?

Él no se inmutó.

–Veo que te has informado –le dijo–, pero no me estás contando nada que no sepa.

Era cierto. Elsa había buscado información acerca de él en Internet. Y se había sentido indignada al enterarse de que había traicionado a su propio hermano. Porque sentirse indignada era mucho más seguro que tener cualquier otro sentimiento hacia él.

–Sé muy bien lo que hice –añadió–. Al fin y al cabo, era uno de los protagonistas.

–Un pirata en toda regla, diría yo.

–Nunca lo había visto así, pero es una buena manera de idealizarme –le susurró él, acercándose más.

–No te estoy idealizando. Un hombre sin honor no me atrae lo más mínimo.

Blaise la soltó y cerró la mano en un puño, pero su gesto siguió siendo indescifrable.

–Honor. Un concepto interesante del que todavía nunca he sido testigo.

«Bienvenido al club», pensó Elsa, que tampoco había visto mucho honor a lo largo de su vida. De adolescente, postrada en una cama de hospital, había soñado con su príncipe azul, pero había dejado de tener esperanzas al final del instituto.

Miró a Blaise a los ojos y volvió a sentirlo. Notó cómo le ardía la sangre en las venas y desaparecía su ira.

¿Cómo lo hacía? ¿Cómo conseguía que se derritiese por dentro con solo mirarla?

Notó que tenía los labios secos y se los humedeció con la lengua. Vio cómo sus ojos seguían el movimiento y sintió anhelo. Sabía lo que era. Estaba excitada. Pero nunca había estado excitada entre los brazos de un hombre. Y nunca había tenido tan cerca al objeto de su deseo.

No obstante, aquello no era una fantasía de la que estuviese disfrutando en la intimidad de su dormitorio. No era un sueño. Era real, un hombre de verdad. Un hombre que estaba mirando sus labios con interés.

No era de extrañar que la prometida de su hermano no se le hubiese podido resistir. Era la tentación personificada.

Pero ella no podía ser la fantasía de ningún hombre. Con sus cicatrices, solo podía ser una pesadilla.

¿Por qué estaba pensando en todo aquello? Era como si tuviese una guerra dentro. Del sentido común contra los instintos más básicos. Menos mal que llevaba mucho tiempo creyendo poder controlarlos.

De repente, sintió mucho calor a pesar de que la temperatura no podía haber subido. O tal vez sí. Tal vez hubiese más gente en la fiesta. Porque no podía ser él, no podía ser que su mirada le hiciese sentir tanto calor.

Blaise se inclinó hacia delante y ella se quedó donde estaba, sin apartar la vista de la de él. Sus ojos intentaron cerrarse, pero no lo permitió.

Y siguió sin apartarse.

Entonces, Blaise se detuvo. Tenía los labios tan cerca de los de ella que podía sentir su calor.

–No te preocupes. No necesito honor para convertirte en una mujer muy rica. De hecho, es mejor que no lo tenga.

La tensión sexual que había reinado en el ambiente se rompió de repente, dando paso a una ráfaga de aire helado.

–Me marcho –anunció Elsa, apartándose por fin de él.

–Yo me quedo –dijo Blaise, buscando algo con la mirada.

Probablemente, se quedaría y encontraría a alguna chica delgada y sexy con la que acostarse esa noche.

Elsa sintió náuseas sin saber por qué.

–De acuerdo. Genial. Que te diviertas.

Se dio la media vuelta y salió del club, agradeciendo que el frío de la noche le diese en la cara. Lo necesitaba, necesitaba una buena dosis de realidad. Lo que había ocurrido en la fiesta no era real. No era posible para una mujer como ella y, aunque lo fuese, no se le ocurría un hombre al que deseara menos.

Aun así, su corazón seguía acelerado y su cuerpo estaba como vacío, insatisfecho, y cuando cerraba los ojos seguía viendo el rostro de Blaise.

Capítulo 4

APARECEMOS en todas las páginas de sociedad –comentó Elsa, todavía aturdida por la sorpresa.

–La prensa está obsesionada con mi vida sexual –admitió Blaise.

Su voz era atractiva hasta por teléfono.

Elsa miró la fotografía en la que aparecían ambos en la oscuridad de un rincón del club, con sus labios casi tocándose. Se le encogió el estómago y sintió calor en la cara.

Sacudió la cabeza e intentó tranquilizarse.

–Pensé que habías dicho que siempre publicaban la verdad acerca de ti.

–Normalmente si estoy con una mujer es porque es mi amante. O acaba siéndolo al final de la noche.

–Pues yo no lo soy.

–No, pero estábamos juntos. Y saben que he adquirido tu crédito, piensan que lo he hecho para sacar de mi vida a la mujer con la que estoy en estos momentos.

–Qué mezquinos –comentó ella–. Habría que escribir una carta al director.

Se sentó delante del ordenador y miró las estadísticas de su sitio web. Era algo que hacía a diario. Le gustaba saber por qué entraba la gente a su página y qué clase de gente era, para saber dónde tenía que publicitarse más.

Se quedó sorprendida al ver el número de visitantes que tenía, y todavía más al ver las palabras clave que habían utilizado para encontrar la página. «Blaise Chevalier y Elsa Stanton amantes». «Blaise Chevalier Elsa Stanton novia». «Blaise Chevalier Elsa Stanton prometidos». La última hizo que se terminase el té que tenía encima de la mesa de un trago. Tosió al teléfono.

–¿Estás bien? –le preguntó él.

–Tengo... cuatro veces más visitas de lo habitual en mi página web y... casi todo el mundo buscaba información acerca de nosotros dos –comentó–. Qué sorpresa.

–Es el tipo de publicidad que necesitas.

–Y la he conseguido en una fiesta, lugar que tú dijiste que no era el adecuado.

–Porque tenías la compañía adecuada.

Elsa se quedó en silencio durante tres segundos.

–Tienes un ego asombroso –consiguió decir por fin.

–Que sea consciente del interés que suscito a los medios no tiene nada que ver con mi ego.

–Umm.

–¿No estás de acuerdo conmigo?

Elsa no podía negar que jamás habría aparecido en tantos medios si no hubiese sido gracias a él. Ni podía negar la herencia aristocrática de Blaise, su reputación como hombre implacable y su fama de mujeriego, así como que habían estado juntos, ni que todo eso fuese clave para que la fiesta hubiese resultado interesante. Pero que lo admitiese no significaba que le gustase. Y seguía pensando que Blaise tenía un ego enorme. Porque era así. Un hombre capaz de robarle la prometida a su hermano y luego dejarla, no podía ser un hombre humilde.

Ni íntegro.

Pero conseguía lo que se proponía. Solo su compañía le había dado mucha publicidad. Y gratuita.

–Debo reconocer que tienes razón –le dijo, mirando la fotografía de ambos en el periódico.

Sus ojos fueron directos a la cicatriz más grande que tenía en el brazo. Era fácil fingir que se sentía segura de sí misma cuando no estaba obligada a ver la realidad de su cuerpo.

Apartó el periódico.

–Sin ti, nunca habría aparecido en un periódico tan importante, ni en una fotografía tan grande. Ha merecido la pena.

–Ten cuidado, que estás alimentando a mi ego.

–Ja, ja –dijo ella, acercándose a la nevera, abriendo la puerta y cerrándola otra vez con las manos vacías–. No quiero hacerte perder el tiempo así que... ya hablaremos.

De repente, se sentía incómoda. Lo había llamado al teléfono móvil, cuyo número le había dado él, pero, por algún motivo, la conversación se estaba volviendo personal.

Eso no habría ocurrido si solo hubiese sentido

hostilidad por él, pero por mucho que lo intentaba, la atracción seguía pesando más que el resentimiento.

–Son negocios, así que no lo considero una pérdida de tiempo.

–Vaya. Eso ha sido casi un cumplido.

–Ya te dije que no era personal. Nunca he tenido la intención de hundirte. Solo quiero sacar beneficios y, sinceramente, eso te favorece a ti también.

–Sí –dijo ella, acercándose a la ventana del salón, desde la que se veía la fachada de ladrillos del edificio de enfrente–. Ya. Si tú ganas dinero, yo gano dinero, y todos contentos. Pero para mí es más que eso.

–¿Qué más?

–Pasión. Un sueño. La emoción del éxito, la sensación de haber conseguido algo. Hay muchas más cosas que el dinero.

Al menos, para ella. No podía fracasar.

–A mí solo me importa el dinero. Si algo no es rentable, me deshago de ello, no pierdo el tiempo.

–Y yo no te lo estoy haciendo perder, así que supongo que debo sentirme casi halagada.

–¿Por qué?

–Buena pregunta.

–He recibido un correo electrónico de Karen Carson, la directora de *Look*.

–Ah. ¿Y?

–Le han gustado las fotografías.

–¿Y le sirven para la publicidad? –preguntó Elsa con el corazón acelerado.

–No.

–Ah... vaya, buen intento.

Elsa se preguntó qué habría hecho mal.

–Quiere que crees otro vestido.

–¿Qué?

–Que no le ha parecido bien el vestido azul, pero me ha dicho que le gustaba tu... ¿cómo ha dicho?

Blaise hizo una pausa y Elsa supuso que estaba releyendo el correo.

–Estética.

–Vale, estupendo. ¿Qué quiere? Haré lo que me pida –contestó.

–Te enviaré el mensaje. Quiere algo más formal. Algo que sea solo para *Look*.

El resentimiento que había sentido por Blaise continuó menguando. Sin duda, tenía sus ventajas tenerlo de su lado.

–Gracias –le dijo, con la garganta seca de repente.

No quería llorar de la emoción ni dejar al descubierto sus vulnerabilidades.

–Tienes la extraña costumbre de comportarte primero como un pequeño... erizo y luego darme las gracias.

–¿Un erizo?

–Sí, eso es.

–Bueno, pues tú tienes la extraña costumbre de ser un burro y, de repente, conseguir que ocurra algo increíble, así que supongo que es una cuestión de causa-efecto.

–¿Un burro?

–Sí, eso es.

–Me han llamado cosas peores.

Elsa estaba segura. Lo había visto en la prensa, en las webs de cotilleos.

–A mí también –admitió, mirándose las manos y agradeciendo no tenerlo delante.

–Te acabo de reenviar el correo de Karen. Tienes una semana para hacer el vestido. Ellos se encargarán del estilismo.

–Estupendo.

–Pasaré a lo largo de la semana para ver cómo vas.

–Estupendo –repitió.

–Buena suerte, Elsa.

–Solo los débiles necesitan suerte y magia –le respondió ella, repitiendo las palabras que le había dicho Blaise el día que se habían conocido. Y recordándose a sí misma el tipo de hombre que era para intentar dejar de emocionarse con todo lo que le decía–. Yo no necesito suerte, hago una ropa fabulosa.

–Eso espero, porque, de lo contrario, las consecuencias podrían ser negativas.

A Elsa se le hizo un nudo en el estómago y se sintió incómoda. Blaise tenía razón, era una gran oportunidad y no podía estropearla.

Mientras que hacerlo bien podría ser la clave de su éxito.

–Lo haré –le aseguró antes de colgar el teléfono.

Lo haría. Haría el mejor vestido del mundo porque fracasar no era una opción.

Le estaba dedicando una atención especial a Elsa o, más bien, a su negocio. Lo reconocía y, no obstante, no se sentía obligado a cambiar nada.

La vio arrodillarse delante de un maniquí al que le estaba poniendo un vestido azul claro y se dijo que era sorprendente que el taller fuese tan distinto de la elegante boutique. No estaba todo combinado en blanco y negro con algún toque ocasional de color, sino que parecía haber sufrido una explosión de color. Había tablones tapizados con retales de tela por las paredes, rollos de tela apilados en el suelo, encima de las mesas. Un estante con hilos, botones y lazos de colores en el centro de la habitación. Estaba limpio y ordenado, pero la elección de colores y estilos era caótica.

Un taller de ordenada excentricidad, como Elsa.

Esta se incorporó y sujetó los tirantes del vestido. Incluso en esos momentos, hacía juego con el espacio en el que trabajaba. Llevaba puestos unos vaqueros oscuros ribeteados en rosa, una camiseta negra ceñida y el pelo rubio recogido en un moño bajo con una flor color magenta. Era un *look* que parecía casual, pero Blaise tenía la sensación de que Elsa había querido conseguir ese efecto.

Estaba seguro de que, aunque quisiese hacerse pasar por una chica despreocupada y fiestera, en realidad no lo era. Todo, incluso el caos, era intencionado. Y eso era algo que él entendía. El control. Porque, para él, el control lo era todo.

—Es bonito –comentó, sorprendiéndole la facilidad con la que le había salido el cumplido.

Normalmente, no sentía la necesidad de dar seguridad a nadie, pero con ella, sí. Tal vez fuese la misma cosa, imposible de definir, que le había hecho ir allí, cuando una llamada de teléfono habría bastado para ver cómo iban las cosas.

Elsa se puso tensa y se giró a mirarlo con los ojos azules muy abiertos y las cejas arqueadas.

–¿No podías haber... llamado? –le preguntó, con una mano en el pecho y las uñas rosas brillando contra la camiseta–. Me has asustado.

–¿Por qué no cierras la puerta con llave?

–¿Así es como te disculpas? –le repreguntó, bajando la mano a su cadera y golpeando el suelo con el pie.

Blaise se fijó en las curvas de su cuerpo. Tenía los pechos generosos y la cintura estrecha, era perfecta.

–¿Cómo van las cosas?

Ella frunció el ceño.

–Bien. Pensé que ibas a llamar para preguntarme.

–He decidido pasarme y verlo por mí mismo.

Else se colocó detrás del maniquí con el corazón todavía acelerado. Blaise la había asustado, eso era todo, pero la reacción de su cuerpo no había sido normal. Y empeoró al verlo acercase a ella.

El traje gris marengo que llevaba puesto le sentaba muy bien y combinaba a la perfección con su piel morena. Le hacía los hombros y el pecho muy anchos. Elsa ponía hombreras a los trajes que hacía para los modelos masculinos con los que trabajaba, pero el efecto no era ni la mitad de impactante.

No le costó trabajo apreciar su traje, se sentía cómoda haciéndolo, lo que sí le costó fue admitir que le interesaba todavía más el hombre que había debajo de él

–Entonces, ¿qué te parece? –le preguntó, para intentar distraerse.

–Es... diferente.

–No es de lycra ni está cubierto de lentejuelas, así que tal vez se salga de lo normal para ti.

–¿Es un comentario relativo a las mujeres con las que salgo?

–Pues... sí.

–Gracias, pero ya se ocupa de eso la prensa.

Y a Blaise no le importaba lo más mínimo. ¿Por qué a ella sí? ¿Por qué le importaba no lo que dijesen de él, sino lo que pudiesen decir de ella? ¿Por qué le importaba cómo saliesen sus brazos en las fotografías?

Deseó que no le importase.

Se aclaró la garganta.

–Bueno, es una mezcla de fluidez y estructura, está inspirado un poco en Grecia y los pliegues del corpiño pretenden realzar la silueta de la modelo, además de añadir un elemento de diseño más complejo.

–Si tú lo dices.

Blaise se acercó más y ella retrocedió. De repente, se sintió insegura.

Normalmente utilizaba las marcas de su piel para mantener a los hombres a raya, pero aquel se las había tocado. Las había mirado, y no precisamente horrorizado. No había apartado la vista ni había fingido no haberlas visto.

Lo vio alargar las manos y agarrar al maniquí por las caderas para hacerlo girar.

—Tengo que confesarte que no veo nada de eso —comentó, mirándola a los ojos—, pero puedo imaginarme a una mujer con este vestido puesto. Cómo se va a pegar a la curva de su cintura —comentó, pasando el dedo índice por el corpiño—. Y al pecho.

Elsa contuvo la respiración mientras lo veía pasar el dedo por la zona del pecho. Notó que se le ponían duros los pezones, como si la estuviese acariciando a ella.

Se sintió como si llevase el vestido puesto y pudiese sentir las manos de Blaise sobre su piel.

De repente, fue como si el aire se hubiese espesado y le costó respirar. Tuvo que hacer un esfuerzo para que no se le doblasen las rodillas.

Él soltó el vestido sin dejar de mirarla a los ojos, en silencio.

Elsa sintió un cosquilleo en los labios, le dolió todo el cuerpo. Todavía no la había tocado y ya se sentía marcada, como si le hubiese ocurrido algo muy importante, cuando lo único que había hecho Blaise había sido tocar el vestido.

—La verdad es que no me importaría que la mujer con la que fuese a salir apareciese con este vestido puesto —comentó, retrocediendo y mirando el vestido, como si no hubiese hecho otra cosa.

Y no la había hecho. Todo lo demás, había sido imaginación de Elsa, que tenía demasiadas fantasías. Fantasías en las que los hombres iban más allá de las imperfecciones de su cuerpo y la deseaban a ella, a la mujer que había detrás de las cicatrices.

Aunque, en esas fantasías, ella nunca se veía marcada. Cuando pensaba en estar con un hombre en la cama, sintiendo sus caricias en la espalda, su mente veía una piel sin defectos. Su mente la hacía bella, como a su amante, pero era mentira.

Tan mentira como el momento que su mente acababa de crear.

—Estupendo. Yo creo que a Karen le gustará, ¿no?

—Ya te he dicho que no sé mucho de moda. Como hombre, solo puedo sentirme atraído por el anuncio.

—Bueno, pues espero que a las mujeres les guste también, dado que la mayor parte del público de *Look* son mujeres.

—Seguro que sí.

—Gracias.

Elsa deseó que se marchase ya de allí, para poder seguir pensando en él como en un hombre despiadado, y no como en el hombre que tanto la había excitado con solo una mirada.

—Quería comentarte otra cosa —le dijo él.

—¿El qué?

—Quiero llevarte a un acontecimiento que sí te va a ser útil. Me gustaría que me acompañases al Baile del Corazón esta noche. Tal vez podamos darle a los medios algo más de lo que hablar.

Capítulo 5

EL BAILE del Corazón era uno de los principales actos benéficos de Francia y casi del mundo. Las entradas eran muy caras y luego estaba la cena, que costaba alrededor de los trescientos euros el cubierto.

Todo iba para la Asociación del Corazón, que ayudaba a personas con problemas cardiacos a poder pagar medicamentos y operaciones. También servía para que los ricos y famosos se viesen e hiciesen contactos.

Y ella no podía permitirse ir.

–¿Vas a pagar tú las entradas?

–Por supuesto. Siempre invito a las mujeres con las que salgo.

–Quiero pagarme mi cena –le replicó, por mucho que le doliese gastarse aquella cantidad de dinero–. Es por una buena causa.

Y entonces se dio cuenta, demasiado tarde, de que había accedido a acompañarlo. ¿Cómo no iba a hacerlo, con toda la publicidad que iba a darle?

Notó calor solo de pensar en tenerlo cerca y se sintió culpable, como se había sentido siempre de niña cuando había estado a punto de hacer algo que no debía.

Aunque, en aquel caso, no iba a hacer nada. Aunque no pudiese evitar estar emocionada.

—Yo te invitaré a la cena. Puedes hacer una donación si quieres colaborar —le dijo él en tono firme.

—De acuerdo, me parece... no, no me parece justo, no lo es.

—El hombre siempre debe invitar. ¿Con qué idiotas sueles salir tú?

—Dios mío, ¿te das cuenta de que me acabas de dar una lección de cortesía? —comentó ella, molesta porque nadie la había invitado a salir desde el instituto. Y aquella cita había terminado... mal. Tan mal que prefería no recordarla.

—Parecías necesitarla.

—No viniendo de un hombre como tú.

Elsa se arrepintió del comentario nada más hacerlo, porque, por difícil que fuese tratar con Blaise, este nunca la había insultado, mientras que ella sí que había utilizado su pasado para atacarlo. Aunque dudase que eso fuese a afectarle.

De hecho, no reaccionó a la pulla, o no mucho. Solo apretó ligeramente la mandíbula.

—¿No viniendo de un pirata como yo?

—No quería... —Elsa se interrumpió para tomar aire—. Olvídalo.

—No, tienes razón. No soy precisamente el tipo de persona que debería dar consejos acerca de cómo vivir en una sociedad civilizada, pero siempre cuido de la mujer con la que estoy, sea una conquista de una noche o una relación a largo plazo.

Elsa estaba segura de que las trataba bien, al menos, desde el punto de vista físico. Su dulce voz hacía presagiar todo tipo de placeres, placeres que Elsa no podía ni imaginar debido a su inexistente experiencia, pero solo placeres físicos.

Lo miró, estudió su rostro cincelado, tan duro que parecía de piedra, y se sintió culpable por haber pensado así. Aunque no sabía por qué. Solo sabía que ella, mejor que nadie, debería saber que no había que juzgar a nadie por sus apariencias.

En ocasiones, tenía la sensación de que Blaise estaba demasiado cómodo con su papel de villano. Tanto, que le hacía preguntarse qué habría detrás de él.

«Nada. No le des más vueltas».

Elsa no iba a fingir que Blaise no era quien parecía ser solo porque ella quisiera que fuese así. Ya había cometido el error con sus padres mucho tiempo atrás, hasta que se había dado cuenta de que jamás la querrían más de lo que se querían a ellos mismos. Jamás serían capaces de ver más allá de su dolor para ver el de ella.

Nadie cambiaba porque uno desease que cambiase.

—¿A qué hora es el baile?

—A las ocho —respondió él, pasando la mano por el vestido.

Elsa se estremeció otra vez y apretó los dientes.

–Entonces, será mejor que te marches para que me dé tiempo a arreglarme.

–Por cierto, es una fiesta de disfraces.

Y la emoción volvió a apoderarse de ella. Así como el deseo de venganza. Quería que Blaise se sintiese tan incómodo como se sentía ella cada vez que la miraba.

Quería que la desease como lo deseaba ella.

–Un disfraz sí que soy capaz de hacer.

El viejo castillo en el que se celebraba el Baile del Corazón estaba envuelto en luces y piedras preciosas. Había telas colgadas del techo y corazones de papel por todas partes.

Todo hablaba de unos excesos que hacía mucho tiempo que habían dejado de impresionar a Blaise. Aunque lo hubiesen hecho al principio. Todo, la riqueza, la grandeza, habían sido fuentes de fascinación cuando había vuelto a París con dieciséis años, después de ocho años viviendo en otro mundo. No se había acordado de la riqueza de su familia, de su padre y de su hermano, que lo habían acogido calurosamente.

Pero durante los siguientes catorce años había empezado a ver la mugre de las relucientes fachadas de la élite que solía frecuentar aquellos eventos. Él mismo se había manchado y había manchado a otros.

No, el castillo no le llamaba la atención, pero ella, envuelta en encaje carmesí, con las piernas al descubierto, sí que le hacía girar la cabeza. Interesante, después de tres años sin que una mujer hubiese tenido aquel efecto en él.

Una cosa era el interés sexual pasajero y otra muy distinta el deseo que sentía por Elsa.

—¿De qué se supone que vas disfrazada? —le preguntó, tomándole la mano y dirigiéndola hacia el salón de baile.

Sus labios, de color rojo cereza esa noche, esbozaron una sonrisa. Una máscara dorada cubría parte de su rostro, haciendo que sus ojos pareciesen más brillantes, más misteriosos.

—Soy la tentación.

Sí, lo era. Y tres años antes, Blaise se habría perdido en ella. Habría permitido que el deseo le nublase la mente.

Pero ya no era ese hombre. Era capaz de controlarse.

—¿Y tú, de qué vas? —le preguntó ella, mirando de arriba abajo su traje negro.

Blaise se inclinó y aspiró el aroma suave y femenino de Elsa, que hizo que se le encogiese el estómago.

—No me gusta disfrazarme.

Ella se echó a reír.

—No creo que nadie lo ponga en duda.

—Supongo que no.

Todo el mundo conocía demasiado bien su reputación como para que lo mirasen mal, pero sabía que pensaban cosas poco halagadoras de él. Para ellos, era el chico que había crecido entre lobos en

África. El hombre cuyo padre lo había acogido, lo había llevado a la mejor universidad y había intentado que tuviese éxito. El hombre que se había burlado de los esfuerzos de su padre traicionando a su hermano, el querido heredero del anciano.

Blaise utilizaba aquello en su beneficio. Podía hacer lo que quería y tenía muy poca competencia, ya que todo el mundo pensaba que no podía rebajarse más.

Y tal vez tuviesen razón. Era posible que no pudiese caer más bajo.

—No es justo —continuó Elsa, sonriéndole, de verdad.

—¿Por qué?

—Porque yo voy disfrazada.

—Sí.

El encaje era tan delicado que no costaría nada arrancárselo y dejarla desnuda. Le quitaría el carmín de los labios a besos, con la máscara puesta. Se la imaginó desnuda, solo con la máscara.

Aunque la llevase, sabría que era ella. Incluso en sus fantasías, las marcas de su cuerpo estaban ahí. Las marcas que significaban que era Elsa, y ninguna otra mujer.

Ella se sintió como si le estuviese traspasando el vestido con la mirada y agradeció llevar puesta la máscara.

—¿Cuándo vamos a sentarnos a cenar? —le preguntó, deseando tener una mesa entre ambos, algo que la distrajese, porque en esos momentos solo podía pensar en él.

Había pensado que conseguiría desequilibrarlo con su disfraz, pero era ella la que seguía sintiéndose incómoda. Normalmente la ropa la ayudaba a sentirse segura, ya que sabía que podía cambiar la percepción que la gente tenía de ella.

Pero con Blaise no lo estaba consiguiendo. Cuando había ido a recogerla y la había recorrido con la mirada, había pensado que iba a devorarla.

¿Qué habría hecho si eso hubiese ocurrido? ¿Y cómo habría reaccionado él?

Probablemente, Blaise habría salido corriendo de la habitación después de haberle arrancado el vestido, horrorizado con la idea de haber estado a punto de mancharse las manos al hacerle el amor a una mujer tan desfigurada.

Tal vez las cicatrices no fuesen para tanto, pero ella no veía otra cosa cuando se miraba al espejo, y prefería no saber qué pensaban los demás, sobre todo, desde que aquel chico solo había querido quitarle la camiseta para ver lo horribles que eran.

Ni desde que su madre solo había sido capaz de intentar reconfortarla diciéndole:

–Con lo guapa que eras...

No, desde entonces no había tenido ganas de intentarlo. Y, si algún día lo hacía, sería con alguien a quien conociese de verdad. Alguien a quien le importase.

–Nos sentaremos a cenar cuando todo el mundo haya terminado de parlotear.

–¿Ese es el término técnico?

–Eso creo, aunque yo nunca lo practico.

A Elsa no le cabía la menor duda. A Blaise no parecía importarle lo que los demás pensasen de él. De hecho, solía mostrarse frío y distante.

Todo lo contrario que ella, que fingía sentirse segura de sí misma e iniciaba las conversaciones para poder tener el control de la situación. Era la misma idea que la del vestido de esa noche. Nadie dudaría de que se sentía segura de sí misma. Y esa seguridad, junto con las cicatrices, mantenía a casi todo el mundo a raya.

Por desgracia, no parecía estar funcionándole con Blaise. Aunque era de imaginar que había pocas cosas en el mundo que pudiesen intimidarlo.

De hecho, se enfrentaba a sus retos. Incluso tocándola. Elsa todavía podía recordar la noche del club y sentir cómo le había tocado la piel.

Todavía no sabía por qué lo había hecho.

—Bueno, podríamos parlotear el uno con el otro —sugirió, arrepintiéndose al instante—. Quiero decir que... podemos hablar de negocios.

—De acuerdo —contestó Blaise, tomando dos copas de champán de la bandeja de un camarero y tendiéndole una.

Elsa agradeció tener algo con lo que distraerse.

El modo en que Blaise la miraba, el modo en que la había mirado desde que se habían encontrado esa noche, la tenía hecha un manojo de nervios.

Pero tenía que controlarse. No quería sentirse rechazada, a pesar de saber que sobreviviría a ello. Había muchas cosas a las que podía sobrevivir, pero por las que prefería no tener que pasar.

–De acuerdo –repitió ella, dando un trago a su copa.

No quería que se le subiese a la cabeza. No estaba acostumbrada a tomar alcohol y Blaise ya la hacía sentirse aturdida con su mera presencia.

–¿Cómo va el vestido para *Look*? –le preguntó este mirándola con interés.

Y ella se derritió bajo su mirada. Recordó lo que había ocurrido unas horas antes en su taller.

Había deseado acercarse y tocarlo. Apretar sus labios contra los de él. Hacerle sentir lo que ella estaba sintiendo.

Parpadeó.

–Estupendamente. Más o menos como lo has visto esta tarde. Karen ha visto un boceto y le ha gustado, así que confío en que va bien. Aunque siendo algo tan importante...

Él se encogió de hombros, todavía no había probado el champán.

–Cada paso que des será un paso adelante. Yo suelo darle la misma importancia a todos mis negocios. Así, nunca se me pasa nada.

–Umm. Y así no te pones nervioso con las cosas más grandes, supongo.

–Yo nunca me pongo nervioso.

–¿Nunca?

–No. Tomo una decisión y actúo en consecuencia. No me pongo nervioso. Ni me arrepiento de nada.

El tono de la conversación cambió y la voz de Blaise se endureció. Elsa se preguntó si todo lo que le estaba diciendo era verdad. Si vivía la vida sin arrepentimientos. Si realmente le había robado la novia a su hermano y la había dejado, y nunca se había arrepentido de ello.

Una parte de ella, la parte física, estaba mirándolo a los ojos, estaba viendo su mandíbula apretada, su puño cerrado, y lo estaba creyendo. Pero algo en su interior le decía que no era cierto. Que no podía serlo. No sabía por qué, pero estaba casi segura de que debía hacer caso a sus ojos y no a su tonto corazón.

–Eso debe de ser... liberador.

Ella se arrepentía de muchas cosas. De cosas que no había sido capaz de controlar. De cosas que habían sucedido a su alrededor y que la habían hecho sentirse atrapada.

–Una interesante elección de las palabras –comentó él en tono frío y desinteresado.

–La verdad es que no. Debe de ser agradable hacerlo todo con tanta seguridad.

–A ti no parece faltarte tampoco, Elsa.

Blaise se inclinó hacia delante y ella bajó la vista para no mirarlo a los ojos, pero la posó en su mano, que estaba acariciando la copa de champán, movimiento que le hizo pensar en tener aquellas manos en su piel, tocándola, acariciándola también.

–Aunque, a veces te sonrojas. Como ahora –añadió Blaise.

Ella retrocedió un paso.

–Hace calor.

–¿Quieres que salgamos un poco a tomar el aire?

Elsa asintió y se dirigió hacia el balcón. Quiso alejarse de él, que la seguía de cerca.

–Estoy bien –le dijo, agradeciendo el aire frío de la noche.

–Un hombre no debe dejar nunca sola a su cita.

–¿Otra lección de caballerosidad?

–Es solo que siempre soy consciente de mi maravillosa reputación –comentó Blaise en tono sarcástico, y con un toque de amargura.

–O, al menos, del titular en los periódicos de mañana –dijo Elsa, intentando animar un poco la conversación.

Se apoyó en la barandilla del balcón y miró hacia las luces blancas que colgaban del enrejado cubierto de parras. Solo tenía que centrarse en ellas en vez de en el hombre que tenía al lado para estar bien.

–En cualquier caso, será interesante leerlos.

–Sobre todo, ahora que hemos desaparecido de la fiesta para estar a solas en este balcón.

Él se echó a reír.

–Deberías trabajar de periodista.

–No tengo estómago suficiente –le respondió Elsa.

La melodía procedente del salón salió por las puertas abiertas y Elsa cerró los ojos y disfrutó de ella.

–¿Te gusta? –le preguntó Blaise.

–Sí, si te soy sincera, la música de discoteca no es lo mío.

–¿Pero las oportunidades de promoción sí?

–He conocido a muchas personas, a muchas clientas, en discotecas. Pero acudo a ellas por trabajo, no por placer.

Blaise le quitó la copa de la mano y la dejó, junto con la suya, en la barandilla de piedra que había detrás de ella. Le tocó la mano con cuidado y Elsa notó que un calor muy agradable la invadía.

Luego se la agarró para acercarla a él muy despacio. Elsa movió los pies, su cuerpo se inclinó, todo antes de que a su cerebro le diese tiempo a reaccionar.

Blaise la abrazó por la cintura, la acercó más.

Elsa imaginó que la expresión de su rostro sería de sorpresa, pero era normal que le sorprendiese que Blaise la hubiese tocado, que sus cuerpos estuviesen pegados.

–He pensado que te gustaría bailar, dado que disfrutas tanto de esta música –le susurró al oído, haciendo que se estremeciese.

–Ah –fue lo único que fue capaz de contestarle ella, con el corazón acelerado.

No sabía por qué no se apartaba de él. Por qué no le decía que no.

Bueno, sí que lo sabía. Porque se sentía bien. Y había sufrido tanto en la vida que... le resultaba extraño e increíble sentirse tan bien.

Deleitarse con el calor de su mano en la espalda, con la sensación de su otra mano envolviendo la de ella. Balanceándose a su mismo ritmo, en vez de pelear con él. En vez de pelear consigo misma.

–Tentación –susurró Blaise, con la mejilla apoyada en la curva de su cuello–. Qué buena elección.

Entonces le soltó la mano y apoyó la suya en la curva de su cadera, moviéndola después hacia arriba y dejándola justo debajo de la curva de sus pechos.

Elsa ya había imaginado cómo serían sus caricias, pero aquello era real. Lo único que la separaba de sus manos era una fina barrera de encaje.

El ritmo de la música pareció apagarse y siguieron el suyo propio. Los movimientos de Blaise eran lentos y sensuales, más seductores de lo que Elsa habría podido imaginar. Se acercó más y ella se dio cuenta de que estaba tan excitado como ella.

Movió la cabeza y trazó con su aliento caliente una línea desde debajo de su oreja hasta la cicatriz que tenía en el hombro, sin tocarla con los labios en ningún momento, haciendo que el cuerpo de Elsa se pusiese tenso de deseo, que quisiese apretarlo contra ella para sentir sus labios en la piel.

Lo deseaba tanto que le daba miedo, la ponía nerviosa.

Se balanceó suavemente entre sus brazos, rozando sus pechos contra el de él, y el deseo se apoderó de todo su cuerpo. Nunca había sentido nada igual, ni siquiera lo había imaginado.

Inclinó la cabeza, dejando al descubierto todo su cuello. La respiración caliente de Blaise siguió acariciándola, la punta de su nariz le tocó suavemente la piel.

Luego se apartó, la miró y le hizo inclinar la cabeza hacia el otro lado para repetir la acción. Elsa se puso tensa cuando dejó de notar su calor. Le puso la mano en la nuca y supo que seguía allí, tocándola, pero no podía sentirlo.

Fuese dolor o placer, calor o frío, no lo sentía. La cicatriz que había estropeado su piel era la señal del daño sufrido más abajo. De la pérdida de terminaciones nerviosas que jamás se recuperarían, de sensaciones que Elsa no volvería a tener.

Lo soltó y retrocedió.

–Lo siento –le dijo. No pudo decir nada más. Solo lo sentía. Volvía a arrepentirse–. Deberíamos ir a ver cómo va la cena.

El rostro de Blaise era como una máscara, indescifrable.

–¿Tienes hambre?

Tenía náuseas.

–Es tarde. Y seguro que sirven algo espectacular –le respondió.

Él seguía inmóvil, en silencio.

–Gracias por el baile –añadió Elsa, ya que no podía fingir que no había tenido lugar.

Blaise asintió y le tendió la mano. Ella apretó los dientes e intentó contener las lágrimas de frustración. No podía tocarlo en esos momentos. Si lo hacía, era posible que se viniese abajo.

Pero no era una mujer débil. Nunca permitía que la viesen llorar y no iba a hacerlo en esa ocasión.

–Creo que puedo sola –le dijo.

Él sonrió de medio lado.

–Por supuesto.

Al menos pronto tendrían una barrera física entre ambos, una mesa, y estarían rodeados de gente rica que serviría de parachoques.

Aunque ya fuese demasiado tarde.

Capítulo 6

¡SE CALDEA el idilio de Chevalier!

La prensa había hecho su trabajo de manera admirable. No habían perdido la oportunidad de tomar fotografías de un acontecimiento casi único: Blaise Chevalier dos veces con la misma mujer.

El interés de la prensa por todos los detalles de su vida le daba asco, aunque fuese cierto que no era un santo y que los periodistas no tenían que esforzarse demasiado para escribir acerca de él.

Siempre le sacaba provecho a su reputación, no tenía ningún motivo para no hacerlo. Ganaba dinero, que era lo que sabía hacer. Eso le permitía crear fundaciones en Malawi, en memoria de su difunta madre, y apoyar causas que habían sido muy importantes para ella.

Su dinero, el éxito que había conseguido en los negocios, era el único motivo por el que su padre no lo daba completamente por perdido. Aunque su relación fuese tensa, ya que su padre jamás lo perdonaría por haberse marchado con ocho años con la mujer que lo había traicionado.

Y luego estaba Luc. Blaise todavía no entendía

que lo hubiese perdonado con tanta facilidad después de lo ocurrido con Marie.

Habría sido mejor que su hermano hubiese querido vengarse y hacerle daño, pero no lo había hecho. Y había ocasiones en las que Blaise pensaba que todavía tenía la obligación de resarcirlo.

Aunque eso implicaría que estaba buscando su absolución. Y eso no era posible en un hombre como él. Los hombres como él aceptaban. Poseían. Utilizaban.

Como sabía que iba a utilizar la prensa para levantar el negocio de Elsa.

Elsa. La tentación.

Era mucho más de lo que había imaginado. Para él, las mujeres eran mujeres. El sexo, sexo. Cualquier otra manera de verlo tenía consecuencias drásticas. Pero Elsa, su olor, su piel, la tentación de sus labios, lo excitaban más que ninguna otra mujer con la que hubiese estado.

Incluso más que Marie. Y el control que había permitido que esta tuviese sobre él había sido absolutamente vergonzoso.

Sabía el hombre que era cuando se dejaba llevar por las emociones. Sabía de lo que era capaz cuando dejaba que el deseo lo guiase, cuando abandonaba las formas para buscar su propia satisfacción. Y no pretendía volver a ser ese hombre nunca.

Dejó el periódico en su escritorio y observó la fotografía del balcón, con su cabeza ladeada, cerca de la curva del cuello de Elsa.

Esta tenía la cabeza echada hacia atrás, los labios

separados, los ojos cerrados y las largas pestañas acariciándole las mejillas. Era una mujer muy bella, de eso no cabía duda, pero había muchas otras mujeres bellas. Mujeres sin condiciones. Mujeres que no ponían a prueba su autocontrol.

Su teléfono móvil sonó y vio en la pantalla que se trataba de Karen Carson.

–¿Dígame?

–Hola, Blaise –lo saludó está en tono coqueto.

Había visto a Karen en varias ocasiones, pero sus encuentros siempre habían sido platónicos. A juzgar por el tono de su voz, ella quería más.

Pensó en la posibilidad de utilizarla para dejar de pensar en Elsa. Era algo que ya había hecho antes. Había estado con muchas mujeres después de Marie, las había utilizado para borrar el efecto que había tenido en él la única mujer que le había importado.

La idea le repugnó, aunque no sabía por qué.

–¿Algún problema con los bocetos que te ha enviado Elsa?

–No, me han gustado bastante –respondió Karen en tono más profesional.

–Entonces, ¿todo sigue como planeamos? ¿La portada y la publicidad?

–Así que también quieres la portada.

–Elsa tiene mucho talento. Y quiero que ese talento se vea recompensado.

Karen se aclaró la garganta.

–Sí, ya he visto en la prensa que sabes mucho acerca de sus talentos.

Blaise se puso tenso al ver que Karen estaba celosa. Elsa tenía talento, estaba convencido.

–No soy más que un hombre –le dijo–, pero también soy un hombre de negocios. Si no pensase que estaba haciendo lo correcto, para tu revista y para ella, no lo haría.

–La verdad es que me he quedado tan impresionada con los bocetos, que estaba pensando en incluir más modelos de Elsa Stanton en un especial que estamos haciendo con varios diseñadores. Sería muy buena publicidad para ella. Habíamos pensado en una sesión de fotos en la playa, pero con ropa de vestir. Muy espectacular.

–Mucho. ¿Ya tenéis pensado el lugar?

–Hawái.

–Aburrido –dijo él–. Muy visto.

–¿Tienes una idea mejor?

–Por supuesto.

–¿Tienes personal suficiente para estar fuera una semana?

Elsa se sobresaltó y tuvo que agarrarse al mostrador para no perder el equilibrio.

–Te encanta entrar sin avisar, ¿verdad?

–No he podido localizarte.

–Hay teléfono en la tienda –le dijo ella, señalando con el dedo un teléfono antiguo.

–Precioso. ¿Funciona?

Ella frunció el ceño e intentó sacar provechó de

la frustración que estaba sintiendo. Al fin y al cabo, era mejor eso que intentar calmar su corazón.

–Por supuesto que funciona, pero tú has preferido pasarte por aquí.

–Es un lugar público, ¿no?

Elsa apretó los dientes.

–Sí. Bueno, ¿por qué no me has llamado al móvil?

–Lo he hecho, pero me ha saltado el contestador.

–Ah.

Elsa se agachó detrás del mostrador y buscó en su bolso. O tenía el teléfono apagado, o se había quedado sin batería. Estupendo. Muy profesional.

–Lo siento –añadió, dejándolo encima del mostrador.

Entonces recordó lo que Blaise le había dicho nada más entrar.

–¿Me has preguntado si podía marcharme una semana?

–A Karen le gustaría tener tu opinión durante el reportaje fotográfico. Quiere tu vestido para la portada y para la valla publicitaria.

Elsa empezó a emocionarse. Era una oportunidad muy importante. La oportunidad de darse a conocer en todo el mundo.

–¿Quiere mi opinión?

–Y le gustaría que llevases más vestidos, para un especial que van a hacer con el número de tu portada. Quiere vestidos de fiesta, para hacer un reportaje en la playa. Creo que está muy de moda.

–Sí –admitió ella–. Creo... creo que voy a ponerme a hiperventilar.

–No, *belle*, no lo hagas –le dijo él, acariciándole la mejilla con los nudillos.

Elsa retrocedió y fingió que no la había tocado.

–Ya, bueno... ¿cuándo nos vamos?

–Mañana. ¿Puedes dejarlo todo arreglado aquí?

–Supongo que sí –respondió ella, empezando a organizarse mentalmente, porque estaba dispuesta a aprovechar aquella oportunidad al máximo.

–Bien.

–¿Vas a... quiero decir, que cómo voy a desplazarme?

Blaise sonrió despacio, de manera muy sensual.

–Iremos en mi jet privado.

Ella arqueó las cejas.

–Qué lujo.

–La verdad es que no, es un avión pequeño.

–¿Y tú también vas a venir?

–Por supuesto. Vamos a hacer la sesión en Malawi –le contó–. En un paisaje tropical. El agua del lago es tan clara que se pueden ver los peces en el fondo. Es el lugar más bonito del mundo.

Blaise habló con tristeza, como si aquello le trajese recuerdos tristes, tal vez. Elsa volvió a imaginárselo de niño, marchándose de París para vivir en otro país. ¿Cómo habría sido? ¿Habría tenido miedo?

Le costó imaginárselo, viéndolo con aquel traje a medida. No parecía capaz de tener miedo, ni de fracasar, ni de ninguna de las cosas que los mortales solían temer.

Era un hombre diferente. Y lo envidiaba por ello.

También deseaba poder entrar un poco en su mundo, aunque supiese que no debía hacerlo.

–Estoy... deseando verlo –le dijo.

Había estado a punto de decirle que estaba deseando que lo compartiese con ella, pero no habría sido adecuado. Blaise no iba a compartir nada con ella.

–Lleva ropa adecuada para el calor –le dijo él.

–De acuerdo. Hasta mañana –lo despidió, ansiosa por verlo desaparecer.

–¿Dónde quieres que te recoja?

–En el taller... como está debajo de mi apartamento, será lo más fácil.

Así Blaise no subiría a su casa, no invadiría su espacio. Porque, si eso ocurría, ya tendría su imagen grabada en todos los aspectos de su vida y no quería que ocurriese.

–Entonces, hasta mañana por la mañana.

–Sí, adiós.

Elsa supo que le iba a costar dormir aquella noche.

Elsa pensó que podría acostumbrarse a viajar así de lujosamente. Sin que su pierna u hombro chocase con el del desconocido de al lado. Y sin tener que esperar las colas de los controles de seguridad.

El «pequeño avión» de Blaise resultó ser una experiencia maravillosa. Los asientos eran de cuero suave y se reclinaban hasta abajo y la azafata los recibió con fresas y champán.

El único problema era tenerlo a él tan cerca, aunque estuviese enfrente. Era demasiado fácil aspirar su olor, ver cómo se movía y escuchar los suaves sonidos que hacía con la garganta mientras pensaba. Todo aquello la estaba poniendo cada vez más nerviosa.

Después de una hora de viaje, le costó seguir sentada en su asiento. Estar a solas con él. Tan cerca. Lo peor era el deseo. Un deseo que jamás podría ser correspondido. Blaise era la perfección masculina personificada, la clase de hombre capaz de hacer que una mujer cambiase su par de zapatos favorito por una noche de placer entre sus brazos. Era imposible que la desease.

Cuando aterrizaron en la isla de Likoma, Elsa estuvo a punto de besar el suelo, agradecida de estar por fin al aire libre.

Un elegante coche negro, pesado y antiguo, pero impecable, los esperaba en el pequeño aeropuerto y pronto dejaron de sufrir el aplastante calor para entrar en un ambiente refrescado por el aire acondicionado.

Elsa se sentó en el asiento de atrás y su alivio desapareció de repente cuando la puerta del coche se cerró y se encontró otra vez pegada a Blaise.

–Es precioso –comentó al llegar a la orilla del lago, rodeado de árboles.

No era como lo había imaginado. Las olas bañaban la orilla de arena y había niños jugando con el agua cristalina.

Sonrió al verlos reír y se preguntó si ella habría sido así de feliz de niña. Tal vez antes del incendio, pero no se acordaba. Su familia lo había tenido todo: dinero, estatus, pero eso no los había protegido. Ni la había reconfortado a ella cuando más lo había necesitado.

–En mi opinión, la belleza natural que encuentras aquí no tiene igual, pero hay mucho que hacer para mejorar la calidad de vida de la gente. Ahora están mejor –le contó Blaise–. He trabajado para mejorar las infraestructuras, las carreteras, e intentado hacer las cosas más accesibles, ese ha sido otro reto. Instalaciones sanitarias, hospitales, sistemas de agua potable. Y, aun así, siempre hay más.

Parecía cansado. Era la primera vez que sonaba cansado.

–¿Tú... has hecho todo eso?

Blaise se encogió de hombros, era evidente que el tema lo incomodaba.

–He hecho cosas pequeñas. Lo que habría hecho cualquiera.

Eso no era cierto. Y la prensa nunca había hablado de ello.

–Vamos a hacer la sesión de fotos aquí –añadió, señalando la orilla.

–Va a ser espectacular. Me encanta la idea.

A Elsa le alegró volver a hablar de negocios e intentó pensar en los estilismos, pero la distracción le duró muy poco, porque Blaise seguía a su lado, tan masculino y tentador como siempre.

Se estremeció, aunque no tenía frío. Estaba ardiendo por dentro. Consumida por un fuego interior al que nunca antes había tenido que enfrentarse.

No porque llevase once años sin sentir deseo, sino porque lo había canalizado a través de fantasías con estrellas del cine, o héroes literarios. Hombres a los que jamás conocería o que, todavía mejor, no eran reales. Hombres que no podían rechazarla.

Aunque lo que sentía era más que miedo al rechazo. Tenía miedo a que su madre tuviese razón, a que las cosas hubiesen sido más sencillas si se hubiese muerto en el incendio en vez de tener que vivir con las consecuencias.

Pero las cosas no podían irle mejor. Podía hacer lo que quisiera, cumplir sus sueños. Estaba en el lugar más bello del mundo, con el hombre más guapo del mundo, a punto de aprovechar la mejor oportunidad de su carrera.

Y a pesar de saber que jamás podría tener al hombre, eso no le impedía disfrutar de la fantasía.

Volvió a mirar a Blaise, lo vio estudiar el paisaje con la mandíbula apretada y deseó llevar los labios a su rostro color moca.

—¿Dónde vamos a alojarnos?

—Esa es otra cosa en la que he estado trabajando, en traer más turismo a esta zona. Hay muchas atracciones, pero pocos alojamientos para turistas con dinero.

—¿También has solucionado eso?

—Sí —respondió él sin más, clavando la vista en su Smartphone.

Y Elsa tuvo la sensación de estar muy cerca del verdadero Blaise. Aunque él no quisiera que lo viese.

Capítulo 7

ELSA no había imaginado un complejo turístico tan lujoso, aunque debía haberlo hecho, teniendo en cuenta que era de Blaise y que este no hacía nada a medias.

Estaba escondido del árido sol por una espesa bóveda de árboles. Era de piedra y estaba cubierto de parras y parecía haber crecido solo en aquel bello paisaje. Era un lugar fresco, tranquilo y muy agradable.

—Nos alojaremos en mi casa —anunció Blaise.

—¿Qué?

—He pensado que sería lo mejor, después del revuelo que levantamos entre la prensa en el Baile del Corazón. Les encantó poder hacernos fotografías más... íntimas.

—¿Y?

—Que quiero darles más.

—Pero aquí no hay prensa, ¿no?

—Elsa, va a haber modelos, estilistas, periodistas, fotógrafos y un director de la sesión fotográfica. Seguro que alguien habla. Además, estoy seguro de que esta mañana nos han fotografiado subiendo juntos en el avión.

—¿Tú crees?

—Si no se han tomado el día libre, seguro que sí. Yo tampoco he intentado ser discreto. Nuestra supuesta relación amorosa le está dando mucha publicidad a tu marca. Además, en el último artículo mencionaron que vestías uno de tus propios diseños y que fuiste la más elegante de la noche.

—Sí... ya lo he visto.

Era cierto que el artículo había sido maravilloso y que, al día siguiente de la fiesta de disfraces, dos mujeres habían ido a la tienda preguntando por el vestido de encaje rojo.

Así que Blaise tenía razón. Los medios de comunicación estaban pendientes de ellos, lo mismo que el público. Pero la idea de convivir con él una semana le resultaba un poco desconcertante.

—¿Tendré mi propia habitación, verdad?

—Es una casa grande. Ni siquiera tendrás que verme si no quieres.

Lo que le preocupaba no era verlo, sino lo que sentía cuando lo veía, las cosas que deseaba cuando lo tenía cerca.

El coche pasó por delante del edificio principal del complejo y se dirigió hacia la orilla. La casa lindaba con los árboles y la puerta principal daba casi a una playa de arena blanca.

Estaba hecha de piedra, como el edificio principal, y el tejado era como de hierba trenzada. Era como un sueño. Como si ambos hubiesen naufragado y Blaise fuese un pirata... Ya soñaría con ello más tarde, cuando estuviese sola en la cama.

Intentó apartar sus pensamientos de aquella idea y centrarse en el paisaje.

La tosquedad del ambiente desapareció en cuanto entraron en la casa. Los techos eran altos y estaban enyesados, lo que demostraba que la hierba trenzada del tejado era solo de adorno. Los suelos de piedra blanca y los muebles de estilo provenzal le daban un aspecto intemporal, de cara elegancia. La escalera que llevaba al piso de arriba le daba un toque palaciego. Y, por un momento, Elsa se sintió como una princesa. Fue una sensación tan extraña que pensó que estaba soñando.

Y luego estaba Blaise y los sentimientos que este le provocaba. Eso sí que era complicado. Y estaba el deseo, el deseo que había estado presente desde el primer día y una ternura que iba creciendo cada vez más. Se había abierto una grieta en el muro que rodeaba su corazón, una grieta que se estaba haciendo cada vez mayor.

Aquel viaje había cambiado su manera de verlo. No era solo un hombre que quisiese hacer dinero. Estaba segura. Podía sentirlo. También quería crear empleo en aquella zona.

Eso la obligaba a verlo desde una nueva perspectiva. Incluso cuando pensaba que era solo un hombre frío y despiadado que no se detendría ante nada para conseguir lo que creía que era suyo, un hombre que no había dudado en traicionar a su hermano, no podía evitar fantasear con él.

Si a eso añadía aquella recién descubierta humanidad, podía estar metida en un buen lío.

—Pediré que nos sirvan la cena temprano —comentó Blaise.

—Puedo buscar cualquier cosa en la cocina —contestó ella, ya que le daba pánico pensar en pasar una velada íntima con él.

—¿Siempre eres así de testaruda?

—Supongo que sí.

—Pues esta noche no lo voy a permitir. Quiero que disfrutes.

—De acuerdo.

Tenía el corazón acelerado porque no había nada que la asustase más que dejarse llevar y disfrutar. Porque, si lo hacía, no solo tendría que enfrentarse a la posibilidad del rechazo, sino también a que Blaise se diese cuenta de lo débil que era en realidad.

Era una escena de seducción. Y nunca había visto a una mujer más preparada para ser seducida. Blaise observó cómo Elsa bajaba por las escaleras para reunirse con él en el descansillo de la casa.

Elsa, con la melena rubia rizada y suelta, adornada con una bonita flor rosa. Elsa, con el pintalabios y el vestido a juego. Con un escote demasiado alto para su gusto, pero de un tejido que se ceñía a todas las curvas de su cuerpo. Y corto, dejando al descubierto sus larguísimas piernas.

Era la primera vez que la veía con unas sencillas sandalias planas e imaginó que no se había puesto tacones a causa de la arena.

Blaise no se había dado cuenta de lo baja que era. Parecía más delicada así. Y eso hizo que se le encogiese el estómago. Quería protegerla, aunque no sabía de qué. Quería hacerla suya.

Eso sí que lo entendía. Sabía cuál era la clase de posesión que deseaba. La más básica y elemental. Quería sentir su cuerpo suave debajo del de él, quería disfrutar de ella y darle placer.

Hacía mucho tiempo que no sentía nada tan fuerte. De hecho, no recordaba haberlo sentido nunca. Después de Marie, se había encerrado en sí mismo porque sabía lo que ocurría cuando daba rienda suelta a sus emociones.

–Van a servir la cena en la terraza.

–Ah, qué bien –respondió ella con poco entusiasmo.

–¿Esperabas otra cosa?

–No sé... tal vez un restaurante.

–¿Te da miedo estar a solas conmigo?

Ella parpadeó rápidamente.

–¿Por qué iba a darme miedo?

Blaise le tomó la mano con suavidad.

–No lo sé –le respondió, acariciándole el dorso con el pulgar.

–Pues no, es solo que había imaginado que íbamos a salir. Me he arreglado demasiado.

–Estás perfecta. Como siempre.

Vio que le temblaban los labios rosas solo un instante, antes de volver a apretarlos con firmeza. Sus ojos azules brillaban más de lo habitual, y lo estaban mirando con suspicacia.

—Acepto el cumplido —le dijo.

¿Cómo podía afectarla tanto un comentario tan simple? No se había preparado la frase.

Pero Elsa había reaccionado con total sinceridad. Y Blaise no estaba seguro de qué hacer al respecto. Le hacía desear decirle más. Le hacía desear llevársela a otra parte, donde no se sintiese tentado a seducir a aquella mujer de aspecto duro, pero, posiblemente, interior frágil.

No, Elsa no era frágil. Era dura. Tenía seguridad en sí misma. Solo la había pillado en un momento bajo, uno de esos que tenían todas las mujeres.

Continuó agarrándole la mano mientras subían las escaleras y atravesaban las puertas dobles que daban a la terraza. El techo estaba salpicado de farolillos blancos, que iluminaban con suavidad la cálida noche.

Las vistas del lago eran impresionantes, la mesa, preciosa, pero nada igualaba a la belleza de su acompañante.

Elsa se sentó antes de que a Blaise le diese tiempo a retirarle la silla. Se sentía fatal.

—Estás perfecta. Como siempre —le había dicho.

Nunca había sido perfecta. Ni siquiera antes del incendio. Mucho menos después. Pero Blaise había conseguido quitarle la última pieza de la armadura con aquel cumplido, porque aquello era lo que siempre había querido. Que alguien la aceptase como era. Que la amase como era.

Aunque sabía que era un sueño imposible. Ni siquiera ella se quería como era. ¿Cómo iba a quererla un hombre como Blaise? Un hombre tan perfecto físicamente, que salía con mujeres igual de perfectas. Era imposible.

Pero su mente se había echado a volar al oír aquello.

Tomó la copa de vino que, por suerte, ya estaba llena, y le dio un pequeño trago. Cualquier cosa con tal de distraerse.

–Tiene una pinta estupenda –comentó, por decir algo. Y era cierto que el pescado y las verduras tenían una pinta deliciosa.

–Por supuesto.

–¿Porque solo contratas a los mejores profesionales del mundo? –le preguntó, arqueando una ceja.

–Me traje a los mejores del mundo para que enseñasen a los nativos. Todas las personas que trabajan aquí son de Malawi.

Elsa sintió todavía más ternura. Casi podía notar cómo se le estaba derritiendo el corazón.

–¿Cuántos años tenías cuando viniste? –le preguntó, a pesar de saber que no debía hacerlo.

–Ocho años. Pero no viví en la isla, sino en tierra firme, a las afueras de Mzuza. Mi madre trabajaba en un banco. No éramos pobres, como tantas otras personas en este país.

–¿Por qué te trajo aquí tu madre?

Elsa sabía que su hermano se había quedado en Francia con su padre.

–Formó parte del trato –le contó Blaise con voz ronca–. Si se marchaba de Europa, podía llevarme. Si no, jamás volvería a vernos.

—¿Por qué... hizo eso tu padre?

Él pasó los dedos por la copa de vino y apretó la mandíbula antes de contestar.

—Creo que se sentía herido y quería hacerle daño a mi madre. Supongo que pensó que ella no se marcharía. También tengo entendido que tuvo una aventura, pero yo nunca se lo recriminé. Pienso que, cuando se enamoraron, tal vez fueron un poco idealistas. Ellos fueron capaces de superar las diferencias culturales y de color de piel, pero otros, no. Y hubo mucha tensión.

Blaise se echó hacia atrás y soltó la copa.

—Pensaron que con amarse sería suficiente, pero no fue así. Ahora han cambiado las cosas, claro está. Ya no hay los mismos problemas. Yo nunca los he tenido, y he salido con todo tipo de mujeres, pero por aquel entonces...

—Así que viniste con tu madre.

—Quería hacerlo. Nunca me he arrepentido de ello.

—¿Y cuando volviste... odiaste a tu padre por lo que había hecho? ¿Por... haberte desterrado?

—Mi padre es un hombre duro. Exige la perfección y el control en todos los ámbitos de la vida. Así que no lamento que no me educase él, pero tampoco lo odio. Todos actuamos mal en ocasiones, sobre todo, cuando hay pasión de por medio —le respondió con cierta amargura.

Elsa se preguntó si estaría pensando en sí mismo, si se arrepentía de la relación que había tenido con la prometida de su hermano. Aunque no quería preguntárselo.

–Es verdad –le dijo, aunque no lo supiese por experiencia.

Su vida siempre había estado desprovista de pasión. Siempre la había canalizado en el trabajo. Aunque en los últimos tiempos le hubiese costado hacerlo.

Era extraño, sentir que ya no estaba volcada solo en su profesión.

En esos momentos, era capaz de apreciar la belleza del lugar en el que estaba, de saborear la comida. Su piel estaba más sensible. Era como si una parte de ella que hubiese estado dormida acabase de despertar.

Había ampliado sus perspectivas, lo mismo que sus deseos.

Blaise la estaba mirando con el mismo brillo en los ojos color miel que en el Baile del Corazón. Notó que se le aceleraba el pulso, que le sudaban las palmas de las manos y se le encogía el estómago.

Se levantó de la silla y fue hacia el final de la terraza para observar el lago bajo la luz de la luna. Era precioso, una maravilla de la naturaleza. La hacía sentirse vacía. Porque, de repente, se había dado cuenta de que no había disfrutado nunca de la belleza de las cosas que la rodeaban. Siempre había vivido con la desesperación de ser mejor, de tener más éxito.

Blaise se colocó a su lado y agarró la barandilla de hierro con su enorme mano. Antes de conocerlo, Elsa nunca se había fijado en las diferencias entre la mano de un hombre y la de una mujer. Nunca se había detenido a apreciar el efecto que esa diferencia tenía en ella.

Él levantó esa mano y la puso en su mejilla.

Elsa lo miró a los ojos. Era más fácil entre penumbras. Blaise deslizó la mano por su cuello, por la parte en la que no tenía la cicatriz, y la hizo estremecerse. Se inclinó y apretó la mejilla contra la de ella; tenía la piel caliente, áspera en la zona de la barba.

Le dio un beso en el hueco de la oreja y ella gimió sin querer. Era increíble. Nunca había sentido un placer igual.

Blaise volvió a besarla, en esa ocasión en la curva del cuello, acariciándola con la punta de la lengua. Luego levantó la cabeza y buscó sus ojos.

Elsa deseó pedirle que la besase en los labios, pero, al mismo tiempo, no quiso alterar su plan. Quería ver qué era lo próximo que iba a hacer. El corazón le retumbaba en los oídos y solo podía sentir deseo.

Él volvió a besarla, esa vez en la esquina de la boca. Le puso la mano en la cabeza y enterró los dedos en su pelo, aferrándola a él como si no quisiera dejarla marchar. A Elsa le encantó ver que podía tener ese efecto en un hombre como aquel. Ver que la deseaba.

Separó los labios sin darse cuenta y se los humedeció con la lengua. Él tomó el gesto como una invitación, de lo que Elsa se alegró.

No se lanzó sobre ella de manera brusca, sino muy despacio.

Primero frotó ligeramente la nariz contra la de ella, probó el sabor de sus labios con la lengua. Y Elsa tuvo miedo a moverse, por si se despertaba de aquel sueño y se daba cuenta de que estaba sola en su apartamento de París.

Él le puso la otra mano alrededor de la cintura y Elsa notó el calor y supo que no era un sueño. Blaise era real. Y la estaba besando.

Le devolvió el beso con entusiasmo y se estremeció al notar que le metía la lengua caliente en la boca, probándola, saboreándola como si fuese un manjar.

Levantó las manos y lo agarró de los hombros para no caerse.

Él desenredó los dedos de su pelo, le apoyó una mano en la cadera y, con la otra, le acarició los pechos.

—Necesito tocarte —le susurró, dejando de besarla en los labios para llevar su boca al escote y besarla a través de la tela.

Luego llevó una mano a la parte de atrás para bajarle la cremallera.

—Elsa —le dijo, con la voz ronca de deseo.

Al oír su nombre y notar que le bajaba la cremallera, ella entró en razón de repente y sintió pánico.

Había sido un sueño. Había estado flotando, pero oír su nombre de labios de Blaise había sido como un jarro de agua fría.

No era la clase de mujer que hacía el amor con un hombre maravilloso bajo un manto de estrellas. No era la clase de mujer que despertaba ese tipo de deseo en un hombre, en ninguno, pero mucho menos en uno como Blaise. Era Elsa. Una mujer desfigurada por las cicatrices. Virgen, sin experiencia e insegura. Si Blaise se acostase con ella, se daría cuenta. Vería lo peor de ella, sus miedos, su dolor. ¿Cómo iba a mostrarle aquello? ¿Cómo se lo iba a mostrar a nadie? No se trataba de las cicatrices, sino de las marcas que tenía debajo de la piel, de sus debilidades.

—No —le dijo, bajando los brazos y llevándoselos a la espalda para que no continuase bajándole la cremallera.

—¿No?

—No puedo. Lo siento, pero no puedo —balbució, con los ojos llenos de lágrimas.

Estaba destrozada. Enfadada. Asustada. Y todavía lo deseaba más que a nada en el mundo, pero no podía tenerlo.

No quería que Blaise viese dentro de ella y conociese sus miedos e inseguridades.

Se dio la vuelta y entró en la casa. Y juró. Había huido. Era una cobarde. Pero estaba demasiado asustada como para no serlo.

Capítulo 8

EL DIRECTOR artístico quiere las botas azules. Una de las chicas que trabajaban en la sesión de fotos estaba delante de Elsa, con las botas color arena que había escogido para el vestido azul en la mano.

Apretó los dientes. Llevaban así todo el día. Le habían dejado dar su opinión acerca de los accesorios, el maquillaje y el peinado, pero el director había dicho después que había que cambiar de modelo, o de zapatos, o de cinturón.

Elsa buscó en la bolsa llena de zapatos y encontró unas botas azul cielo de terciopelo.

—Toma, seguro que estas saldrán mejor en las fotografías.

Aunque le costase admitirlo, tal vez fuese cierto. Solo estaba susceptible por culpa de Blaise. Concretamente, por el modo en que los labios de Blaise la habían marcado, y por su propia cobardía, su miedo.

Por suerte, no lo había visto en todo el día. Salió de debajo de las tiendas que habían puesto en la playa para estar protegidos del sol y se acercó al fotógrafo.

La delgadísima modelo, rubia y con los ojos pintados de negro estaba esforzándose en poner las posturas adecuadas y contornear su cuerpo como si fuese una triste y bonita muñeca.

Elsa se emocionó un instante al darse cuenta de que se trataba de Carolina, una modelo muy conocida.

—Está guapa —comentó Blaise a sus espaldas.

Elsa no se giró hacia él, si lo hacía, estaba segura de que se derretiría al verlo.

—Sí.

—¿Va todo bien?

—Sí, casi hemos terminado por hoy. Mañana cambiaremos de escenario y la harán posar en una cascada.

—¿Estás segura de que es una revista dedicada a mujeres?

Elsa sí se giró al oír aquello.

—No se trata de hacer un concurso de camisetas mojadas. Es moda.

—Perdón —le dijo él en tono divertido.

—No es una revista de hombres —añadió Elsa.

—De acuerdo.

El director dio por terminada la jornada y Elsa echó a andar de nuevo hacia las tiendas. Blaise la siguió.

—¿No tienes... que ir a alguna parte? —le preguntó.

—No, he terminado mis negocios por hoy.

—¿Y qué incluyen esos negocios?

—Hablar de la perforación de más pozos en pueblos apartados. Y conseguir más ambulancias, unidades móviles, algo que ayude a la gente que vive lejos de las ciudades cuando tienen un problema de salud.

Elsa lo miró fijamente.

—Llevas mucho peso sobre los hombros —comentó.

—Y tú también —le respondió él.

—No tanto —le dijo Elsa, encogiéndose de hombros—. Quería darte las gracias...

—¿Por qué?

—Por no... —empezó, notando que se ruborizaba—. Por esto. Por todo esto.

—Son solo negocios, Elsa. Nada más.

—Para ti es más que eso —le replicó Elsa sin saber por qué.

—No.

—Lo que has hecho aquí, en Malawi, no son solo negocios.

—No te dejes engañar por un par de actos caritativos, Elsa. Una deducción fiscal siempre es una deducción fiscal.

A ella se le encogió el corazón. No lo creía, pero le dolió ver que se ponía a la defensiva, que su rostro se endurecía.

Parecía gustarle hacer el papel de cretino, aunque tuviese mucho más dentro.

Un ejemplo era el modo en que la había tratado la noche anterior. No había intentado sobrepasarse. La había besado con cuidado y firmeza, con generosidad. Y cuando ella se había apartado, la había respetado.

Elsa sabía que Blaise utilizaba los mismos métodos que ella había empleado durante los últimos once años. No permitía que nadie se le acercase.

Aunque se le daba mejor que a ella. Al principio, lo había envidiado por ese motivo, pero ya no estaba tan segura de hacerlo. Era como si tuviese un pie puesto fuera del muro que protegía sus emociones.

Tenía miedo.

Miró a Blaise, estudió su perfil, su cuerpo fuerte y masculino, su postura militar. Era un pecador, eso lo sabía todo el mundo, pero también construía hospitales y pozos de agua.

Y le había enseñado cosas acerca de sí misma que no había conocido hasta entonces.

Elsa había entrado en la industria de la moda sin miedo, sin dudarlo, porque era su sueño.

La noche anterior, había deseado a un hombre. Había deseado tanto a Blaise que temblaba solo de pensarlo. Y había permitido que el miedo la dominase. Había controlado su vida profesional a pesar de sus cicatrices, ¿por qué no era capaz de controlar otro ámbito distinto de su vida?

Había llegado el momento de dejar de tener miedo.

Se había pasado la mitad de la noche despierto, con el cuerpo dolorido, frustrado. Deseaba a Elsa. Solo podía pensar en ella desnuda, en sus pezones, rosados y duros, rogándole que los acariciase; en sus labios, suaves y húmedos sobre su cuerpo.

Se había pasado el día entero imaginándose sus ojos azules brillando de deseo por él, y no con el terror con el que habían brillado cuando se había apartado de su lado en la terraza.

Volvería a besarla en el cuello. En la parte en la que la piel era lisa y suave y en la otra también. Por primera vez, le pareció extraño no borrar las cicatrices de sus fantasías. No lo hacía porque era ella. Era Elsa. Y su cuerpo solo la deseaba a ella.

Cada una de sus marcas la identificaban.

Se excitó al pensar en Elsa. Tan suave. Se imaginó con su cuerpo pegado al de él.

Se había marchado de la sesión de fotos antes que ella, que ya debía de haber vuelto a casa. Blaise cerró el ordenador y se echó hacia atrás en el sillón de su despacho. No podía concentrarse en nada sabiendo que Elsa tenía que estar en la casa.

El deseo que sentía por ella era tan fuerte que lo molestaba.

Era una obsesión. A pesar de que había jurado que no volvería a obsesionarse. Era una debilidad. Una pérdida de control. Prefería olvidarse de que, en el fondo, era débil.

Pero Elsa se lo recordaba. Porque despertaba en él un anhelo que no había sentido desde Marie. Entonces lo había llamado amor. Había imaginado que era una excusa suficiente para actuar pensando solo en sí mismo.

—El amor lo vence todo —comentó en tono amargo. El amor era una mentira. Una excusa.

En esos momentos sabía que lo que sentía por

Elsa era deseo, nada más. Un deseo muy fuerte, básico.

Pero tenía que mantener el control. Ya había visto lo que ocurría cuando no lo hacía.

No podía permitirse el lujo de ceder ante aquel deseo que hacía que le temblasen las manos del esfuerzo que le costaba no bajar a buscarla, a besarla, a hacerle el amor. Tenía que demostrar que era capaz de guardar las distancias. No podía ser de otra manera.

Cuando regresase a Francia, tendría que encontrar a otra mujer. La idea lo calmó todavía más que una ducha de agua fría.

La brisa procedente del lago era fresca y Elsa tenía la piel de gallina. No había visto a Blaise en casi todo el día.

No le estaba evitando porque le diese miedo, sino porque todavía no había decidido qué quería y tenía la sensación de que cuanto más tiempo pasase con él, más se precipitaría en su decisión.

Era la velocidad lo que la asustaba. La hacía sentirse como si estuviese bajando una carretera de montaña en un coche sin frenos. Sin control ni manera de detenerlo. Y si iba a estar con él, necesitaba el control.

Su momento de tranquilidad se vio interrumpido por el ruido de unas puertas abriéndose a sus espaldas.

–¿Has cenado? –le preguntó Blaise, saliendo a la terraza.

–Sí. He tomado algo en el restaurante del hotel.

Otra táctica para evitarlo que había resultado eficaz.

–¿Te ha gustado?

Ella lo miró y se arrepintió al instante. El corazón se le aceleró.

–Por supuesto que me ha gustado. Aquí todo es maravilloso.

–Me alegra oírlo.

Elsa bajó la mirada a su garganta, al movimiento de su nuez, y no pudo evitar imaginarse sábanas de seda, piernas entrelazadas y sus labios en aquel cuello fuerte.

Sacudió la cabeza e intentó tranquilizarse.

Se sentía como si estuviese corriendo. Hacia él. Lejos de él. Como si su cuerpo no pudiese contener todo lo que tenía dentro.

De eso era de lo que había estado huyendo. De lo que Blaise le hacía sentir.

Seguía huyendo a pesar de haber decidido que no iba a permitir que el miedo la dominase. Deseó ser otra persona. Allí, con aquel hombre que le hacía sentir aquella pasión tan increíble.

Pero no podía. Le dio la espalda y miró hacia el agua. Volvía a tener el corazón acelerado, pero por otra razón.

No podía ser otra persona y sus cicatrices ya estaban todo lo curadas que podían estar. No lo había aceptado hasta entonces, no había sido consciente de ello.

Siempre había pensado en que ya tendría relaciones o sexo más tarde, pero tenía veinticinco años y todavía no había llegado el momento. Porque en su mente siempre se había imaginado perfecta cuando estuviese con un hombre y, aunque hubiese sabido que eso no podía ocurrir, una parte de ella había albergado aquella insana esperanza.

Pero deseaba a Blaise y era posible que este la rechazase. Como cualquier otro hombre, cualquier otro hombre al que no desease ni la mitad.

Tenía que decidirse. Tenía que dar un paso al frente y disfrutar de la vida. El incendio le había quitado mucho. Y en esos momentos se daba cuenta de que le había dado incluso más de lo que le había quitado. Llevaba once años alimentando las llamas con su miedo, ayudada por las palabras de su madre, de sus compañeros de clase, pero eso se iba a terminar.

Se giró de nuevo hacia Blaise, segura de que era consciente de la rapidez con la que le latía el corazón.

Dio un paso hacia él, luego otro, y apoyó las palmas de las manos en su pecho. Se quedó así, inmóvil, sintiendo los latidos de su corazón en las manos, dejando que su calor la invadiese.

Levantó una mano hacia la curva de su cuello y él bajó la cabeza ligeramente, ella levantó la suya y lo besó en los labios. Se le aceleró el pulso todavía más, notó que le pesaban más los pechos, que su cuerpo estaba vacío, necesitado de él. De Blaise.

Sabía lo que quería. Lo único que la frenaba era el miedo.

Blaise la abrazó y la apretó contra su cuerpo mientras le devoraba los labios. Ella deseó gritar. Quería ser querida, quería que la abrazase como si tuviese miedo a perderla, porque era como un bálsamo que podía sanar las heridas invisibles que tenía en su interior.

Sintió lo mucho que Blaise la deseaba. Notó su erección contra el vientre y se apretó contra él, desesperada. Él bajó una mano hasta su trasero y se lo apretó con fuerza.

—Vamos dentro —le pidió Elsa.

Él le levantó el vestido y apoyó la mano en la piel desnuda de su muslo. La besó en la frente, en la mejilla, le mordisqueó la oreja.

—No puedo trabajar con lo que tenemos.

—Vamos dentro —repitió ella, que se sentía insegura al aire libre.

Blaise sonrió.

—Lo que tú quieras.

Capítulo 9

BLAISE cerró la puerta del dormitorio tras de ellos. No hacía falta porque estaban solos en la casa, pero Elsa se sintió mucho más tranquila así. Se preguntó si Blaise lo sabría.

–Me he preguntado muchas veces si tus labios sabrían a chicle de fresa –le dijo él, poniéndole una mano en el cuello y acariciándoselo.

–¿Y? –le preguntó Elsa casi sin aliento.

–Que no –respondió Blaise, dándole un beso rápido–. Saben todavía mejor, pero no sabría decirte a qué. Saben a ti.

–Si hubieses utilizado alguna de esas frases nada más entrar en mi tienda, no me habría puesto a la defensiva.

–No estoy utilizando ninguna frase –le respondió él–. Es la verdad.

A Elsa se le encogió el corazón, pero intentó no darle importancia. El corazón no tenía nada que ver con aquello.

–Te deseo –le dijo, porque no se le ocurría nada más.

Blaise la apretó contra su cuerpo excitado y ella apoyó las manos en su pecho otra vez y notó que su corazón latía con más rapidez que unos minutos antes. Por ella. Bajó la mano por su torso, notando sus músculos fuertes debajo de la camisa, y siguió descendiendo hasta rozarle la erección.

Él contuvo la respiración mientras Elsa seguía tocándolo, cada vez con más seguridad.

No era fácil fingir que tenía experiencia, pero se dijo que debía seguir sus instintos. Le acarició la erección con más fuerza y vio una expresión de puro placer en su rostro.

Entonces lo soltó y llevó las manos a su cuello. Empezó a desabrocharle la camisa muy despacio, dejando su torso al descubierto poco a poco, hasta quitársela y dejarla caer al suelo.

Era la perfección masculina personificada. Tenía la piel morena, los músculos definidos y una capa de bello que le recordaba que era un hombre.

Sus fuertes abdominales se contrajeron al tomar aire y Elsa lo observó maravillada. Había imaginado que sería perfecto, pero no se había dado cuenta de cuánto la intimidaría aquella perfección.

Nunca había sido tan consciente de lo desequilibrado que era aquel acuerdo. Él se estaba entregando, le estaba entregando su cuerpo, su experiencia. Y ella, a cambio, le daba su cuerpo imperfecto e inexperto.

Ya habían llegado demasiado lejos como para echarse atrás, pero una parte de Elsa deseó hacerlo. Deseó salir corriendo.

–¿Podemos apagar la luz? –le preguntó.

Blaise la abrazó y ella apoyó las manos en su pecho, disfrutando de la sensación de tener su piel desnuda debajo de las palmas de las manos. La besó muy despacio.

—Quiero verte.

Aquellas eran las palabras más aterradoras que había oído Elsa en toda su vida.

—No... no.

—Elsa, quiero verte, pero si vas a estar más cómoda con la luz apagada, la apagaré.

—Es solo... que no sabes lo horrible que es el resto de mi cuerpo.

—¿Acaso a tus anteriores amantes les han molestado tus cicatrices? —le preguntó él en tono enfadado.

Aquella era la pregunta que se había temido. Una pregunta a la que no quería responder, porque no quería que Blaise se diese cuenta de que la Elsa que mostraba al mundo exterior era una farsa.

Pero también era la pregunta que debía contestar, con toda sinceridad.

—No he tenido otros amantes.

Blaise la soltó, con el corazón acelerado, de la excitación, de la sorpresa.

—No es posible —comentó.

—Sí que lo es.

No tenía motivos para mentirle, pero Blaise no podía creerlo. Aunque, al mismo tiempo, lo hacía. Tenía que hacerlo. La expresión de su rostro, la mezcla de desafío y vergüenza, le decía que era cierto.

Se sintió como si acabasen de darle un puñetazo en el estómago. Aquel momento no era para él, sino para un hombre que pudiese prometerle amor a Elsa. Un compromiso. Algo más que un par de noches de placer.

Tenía que controlar el deseo que sentía por ella. Le acababa de decir que era virgen y no podía añadir a su lista de pecados el de robarle la virginidad.

Era muy consciente del desequilibrio que había entre ambos. Ella era una chica inocente y él... había estado con más mujeres de las que podía recordar. Se había dejado llevar por la carne y había sido egoísta, y había utilizado el amor como excusa para acostarse con la futura esposa de su hermano.

Pero en aquel caso, estaba en juego algo más que la virginidad. Elsa no había estado con ningún hombre antes por un motivo y, en esos momentos, había decidido que ese motivo ya no era importante. Aquel no era un encuentro sexual sin consecuencias, jamás podría serlo con Elsa.

Y él no tenía nada que ofrecerle. No podía ofrecerle amor, ni compromiso, nada. No tenía derecho a tocarla ni a buscar su propio placer en ella. No podía alimentar sus deseos con la inocencia de Elsa.

Tenía que marcharse de allí. Tenía que confesarle su error y no contaminarla con sus manos.

Pero, al mismo tiempo, no podía hacerlo. No podía alejarse de aquellos enormes ojos azules repletos de deseo, confusión y miedo.

Levantó la mano y le acarició la mejilla con dedos temblorosos. Su belleza, su vulnerabilidad, todo en ella lo afectaba tanto. La simple dulzura de su sonrisa, su perspicacia.

Bajó la mano y la cerró en un puño. Tomó la decisión de marcharse.

–Blaise –le dijo ella, acariciándole el pecho–. Por favor.

–Elsa...

La vio morderse el labio, tenía los ojos brillantes. Estaba indefensa ante él. No podía hacerla suya en ese momento, pero tampoco podía dejarla así.

De todos modos, ya tenía asegurado su lugar en el infierno. Ya había llegado demasiado lejos en todos los aspectos. No había redención posible, no había nada que pudiese apagar la llama de deseo que ardía en su interior.

Volvió a abrazarla y a besarla, y recorrió con las manos las curvas de su cuerpo. Ella suspiró, echó la cabeza hacia atrás. Blaise la besó, besó la cicatriz que tenía en el hombro y subió por ella hasta la línea del pelo.

Elsa lo miró con los ojos muy abiertos.

–*Belle* –le dijo en francés.

–Apaga la luz –susurró ella–. Por favor.

Blaise tardó un momento en comprender el significado de sus palabras. Le dio un beso en la frente y fue a apagar la luz.

Elsa respiró de nuevo, aunque no hubiese sido consciente de que estaba conteniendo la respiración. Así sería más sencillo. Blaise notaría las cicatrices, pero no tendría que verlas. Ya había sido bastante duro confesarle que era virgen, casi más íntimo, en ciertos aspectos, que lo que estaban a punto de hacer.

Por un momento, había pensado que Blaise iba a marcharse, pero no lo había hecho.

Cuando volvió a su lado, dudó un instante antes de volver a abrazarla.

–No lo hagas porque te doy pena –le dijo Elsa.

Él la agarró por la barbilla y Elsa vio, gracias a la luz de la luna que entraba por la ventana abierta, que estaba muy serio.

–Lo hago porque te deseo. Tanto, que me duele todo el cuerpo.

–A mí me ocurre igual –susurró ella.

Blaise se acercó a su oreja y le susurró todas las cosas que iba a hacerle mientras recorría su cuerpo con las manos, apretándole los pechos y jugando con sus pezones.

–Blaise –gimió Elsa, agarrándose a sus hombros y arqueando el cuerpo de placer.

–Aquí estoy –respondió él, empezando a bajarle la cremallera del vestido.

Ella cerró los ojos y notó frío en el cuerpo cuando el vestido cayó al suelo. Todavía llevaba puestos los tacones, además del conjunto de sujetador y braguita.

Con aquella luz, solo podía ver el contorno del cuerpo de Blaise, e imaginó que él estaría viendo lo mismo del suyo. Aun así, seguía sintiéndose abrumada, con todos los sentidos anegados de excitación, deseo, vergüenza.

Oyó cómo Blaise se desabrochaba el cinturón, lo vio bajarse los pantalones y dejarlos en el suelo.

–Ponte delante de la ventana –le pidió él con voz ronca.

La ventana daba al lago, así que Elsa sabía que no podría verla nadie. Cruzó la habitación y se detuvo delante del cristal.

–Preciosa –susurró Blaise–. Quítate el sujetador, *cherie*.

Los dedos le temblaron al echar los brazos hacia atrás para desabrocharse. Dio un grito ahogado al notar el aire en los pezones y se dio cuenta de que estaba deseando que Blaise la acariciase.

–Tienes una figura perfecta –comentó este.

La luna marcaba su silueta y le daba un halo plateado al tiempo que ocultaba sus cicatrices. Elsa se giró para que Blaise pudiese verla desde otro ángulo. Lo oyó respirar hondo y se sintió poderosa.

–Ven aquí –volvió a ordenarle él.

En aquella situación, a Elsa le gustaba su autoritarismo.

La abrazó, la apretó contra su cuerpo y ella deseó simplemente disfrutar de la sensación de tener los pechos desnudos contra el de él.

Se quedó inmóvil al notar que le ponía las manos en la espalda y cerró los ojos mientras las pasaba por las peores cicatrices.

Esperó a que las apartase al notarlas, pero Blaise no paró de tocarla, no quitó las manos. Continuó acariciándola, besándola, clavándole la erección en el vientre. Y cuando movió las manos fue para dibujar sus curvas con ellas y bajarle las braguitas.

Elsa terminó de quitárselas de una patada.

Blaise la agarró por las caderas y se arrodilló.

Elsa apoyó una mano en su hombro y con la otra, le acarició el pelo corto.

Notó cómo le desabrochaba la pulsera de los zapatos de tacón y pensó que jamás habría imaginado que semejante acto pudiese ser tan erótico. Cuando terminó, estaba temblando.

Él le acarició la corva de las rodillas, se inclinó y le dio un beso allí, haciendo que el deseo aumentase. Luego fue subiendo por su pierna para besarla en la parte interior del muslo. Elsa echó la cabeza hacia atrás y suspiró.

Cuando Blaise llevó los labios a un lugar más íntimo, tuvo que aferrarse a sus dos hombros para no caerse.

Notó que le temblaban las piernas y que la invadía el placer. Estaba a punto de llegar al clímax cuando Blaise se apartó y se puso en pie.

La guió hasta la cama y abrió el cajón de la mesita de noche para sacar un paquete de preservativos y dejarlo encima de la almohada. Luego la acarició entre las piernas.

Elsa gimió y contrajo los músculos internos de su sexo mientras Blaise la penetraba con un dedo primero, luego dos, para asegurarse de que estaba preparada.

Estaba tan tensa que casi no podía ni respirar y su cuerpo estaba a punto de explotar de placer. El orgasmo le llegó de repente, como una ola, tragándosela entera y llevándola, como si no pesase nada, sin aliento, hasta la orilla.

Blaise le dio un beso y tomó el paquete de preservativos, lo abrió y se puso uno.

–¿Preparada? –le preguntó.

Elsa asintió. Estaba preparada. Estaba saciada y, no obstante, quería todavía más. Lo quería a él. En su interior.

La penetró despacio, dándole tiempo a su cuerpo a acostumbrarse a él. No le dolió, se sintió completa. Fue una sensación deliciosa.

Lo agarró por los hombros otra vez y echó la cabeza hacia atrás. Blaise la besó apasionadamente mientras empezaba a moverse en su interior.

A Elsa le sorprendió la rapidez con la que volvía a crecer el placer en ella, la habilidad de Blaise para hacer que volviese a estar al borde del abismo, clavándole las uñas en la espalda. Sus movimientos empezaron a ser descontrolados, lo mismo que los de ella, que se balanceaba contra su cuerpo, buscando el placer y dándole todo lo que le podía dar.

–Blaise –gimió al llegar al clímax por segunda vez, un clímax todavía más intenso.

Él le dio un último empellón y se quedó inmóvil encima de su cuerpo, dejándose llevar por el orgasmo también. Elsa no quería moverse, no quería enfrentarse a la realidad de lo que acababa de ocurrir.

Solo quería disfrutar del momento, de la sensación de estar unida a alguien. A Blaise.

Este se apartó después de unos segundos y salió de la cama. Ella se quedó donde estaba, incapaz de moverse. Lo vio entrar en el baño y volver poco después, para tumbarse nuevamente a su lado.

Se sintió aliviada. Iba a quedarse con ella.

Iba a ser suyo esa noche.

Y no tenía miedo.

Blaise no podía apartar la mirada de la espalda de Elsa, iluminada por los primeros rayos de sol de la mañana. Todavía estaba dormida, de espaldas a él, con la sábana cubriéndola hasta las caderas y la parte superior del cuerpo y la curva del trasero al descubierto. Lo mismo que las cicatrices. Su primer instinto fue el de tocarlas, pero se contuvo. No por miedo a hacerle daño, sino por respeto.

Las había tocado la noche anterior, había pasado la punta de los dedos por su piel irregular. Antes había fantaseado con tocar una piel suave, pero había una gran parte del cuerpo de Elsa que no era suave.

Tenía la espalda cubierta de pliegues y cráteres que hablaban de un trauma, de dolor. Un dolor tan profundo, tan real, que hizo que se le encogiese el pecho.

Pero incluso siendo tan diferente de todas las mujeres con las que había estado, había superado con mucho sus expectativas. El sexo con Elsa había sido un placer muy por encima del experimentado hasta entonces. Le había hecho perder el control, había hecho que dejase de pensar con claridad.

Era la segunda vez en su vida que perdía el control. No le gustaba el hombre en el que se había convertido entonces, y mucho menos el hombre que era en esos momentos. Le había robado a Elsa la virginidad a cambio de nada. Y, lo que era más grave, había descubierto que su fachada era mentira. No llevaba sus cicatrices como si fuesen trofeos, como él había pensado al conocerla.

Lo que hacía era protegerse del mundo. Mantener a la gente apartada.

Les ocultaba lo peor. Lo peor de su dolor. Y cuando le había confesado que no había estado nunca con un hombre, le hacía revelado al mismo tiempo que las cicatrices iban mucho más allá de la superficie de su piel.

Y él no podía curárselas. Lo único que había hecho en su vida había sido causar dolor. Le había causado dolor a su madre recordándole a su padre, le había causado dolor a su hermano quitándole a la mujer a la que amaba. Hasta había acabado haciéndole daño a Marie.

Con Elsa no podía ser distinto. Como una infección, contagiaba lo peor de sí mismo a cada persona que formaba parte de su vida. Le había hecho daño a su padre marchándose con su madre, y le había hecho daño a su madre permitiéndole volver a Malawi, donde había fallecido de una infección por la falta de instalaciones médicas de calidad. Y con respecto a su hermano... había destruido la vida de Luc.

Por eso había dejado de intentarlo. Por eso había bloqueado sus emociones y había adoptado una actitud despiadada al tiempo que se controlaba para mantener las distancias con cualquier persona que pudiese preocuparse por él.

La noche anterior no había sido así. No se había controlado. Ya no podía hacerlo. Había dejado de sentirse culpable hacía mucho tiempo.

Pero así era como se sentía esa mañana. Tenía un enorme peso en el pecho que le impedía respirar.

Pero no se movió.

Alargó la mano y tocó la piel de Elsa. El dolor y el sufrimiento que representaban aquellas marcas estaban muy por encima de lo que él podría llegar a entender.

Eran mucho más de lo que nadie podría soportar. Mucho menos, una mujer como Elsa.

–¿Blaise?

Elsa se sentó de repente, todavía dándole la espalda, e intentó taparse con la sábana.

–No –le dijo él, sentándose también y agarrándole las manos para que no se cubriese.

La sábana cayó a su cintura y ella se quedó con la espalda rígida, pero temblando mientras Blaise apoyaba las manos en ella y se la acariciaba.

–¿No te duelen, verdad?

–No –respondió ella con voz ahogada.

–¿Alguien más resultó herido en el incendio?

–No.

–¿Tú estuviste muy grave?

–Estuve un par de meses en el hospital. Allí encerrada entre las cuatro mismas paredes. La comida era horrible. Y los dolores, también. Me hicieron injertos. Muchas operaciones. Recuperarse de las quemaduras es incluso peor que las propias quemaduras. Al menos, lo fue para mí.

Todavía tenía la cabeza agachada y los hombros tensos. Blaise apoyó las manos en ellos, las bajó por sus brazos y repitió el movimiento hasta que notó que empezaba a relajarse.

—Tengo muchos nervios dañados —le contó en voz baja—. No siento nada en toda la parte izquierda de la espalda. Y lo mismo ocurre con la cicatriz del cuello. No tengo sensibilidad.

Él inclinó la cabeza y le apoyó la frente entre los omóplatos. Tenía el pecho encogido por el dolor.

—Entonces, tendré que darte el doble de besos en la parte derecha, para compensarte —le dijo.

Elsa pensó que el corazón se le iba a salir del pecho al oír aquello y los ojos se le llenaron de lágrimas. Se mordió el labio para intentar evitar derramarlas.

La noche anterior, Blaise había llegado mucho más lejos de lo que ella había imaginado posible. Y seguía allí. A plena luz del día, seguía en la cama con ella, tocándola. Diciéndole las cosas más románticas que había oído en toda su vida.

—Sería una loca si rechazase esa oferta —comentó con voz temblorosa.

—Yo también lo sería —dijo él, dándole un beso en el hombro—. No quiero hacerte daño.

—No me has hecho daño. Y no me lo harás. Nunca... imaginé que un hombre podría desearme.

Le dolía admitirlo, pero era la verdad.

—Hubo un chico del instituto que me pidió salir. Yo tenía dieciocho años. Me llevó a un aparcamiento, ya sabes. Metió las manos por debajo de mi camiseta y me tocó la espalda. Y allí se terminó todo. Luego le contó a todo el mundo que... estaba desfigurada. Que era horrible.

Blaise tuvo que contenerse para no jurar.

—No sé qué haría con él si lo tuviese delante —dijo.

Había más, pero Elsa no era capaz de contárselo. Era demasiado humillante. No podía contarle que su madre le había hecho sentirse igual de mal que sus compañeros de clase.

—Ya da igual —dijo, tomando aire—. Decidí que no volvería a sufrir.

Se giró a mirarlo sin molestarse en taparse los pechos con la sábana. Había sido mucho más difícil, mucho más íntimo dejarle ver su espalda.

—Y no estoy sufriendo. La verdad es que me siento como si hubiese ganado algo.

Blaise observó la sonrisa radiante de Elsa, sus mejillas sonrosadas. Era extraño que hubiese dicho que se sentía como si hubiese ganado algo, porque él sentía todo lo contrario, como si estuviese perdiendo algo. Algo que deseaba mantener desesperadamente.

Capítulo 10

A ELSA no le hizo gracia tener que salir de la cama. Quería quedarse allí, entre las sábanas, con Blaise.

Pero era el segundo día de la sesión fotográfica y el deber la llamaba.

Mientras veía posar a Carolina en la cascada, pensó en Blaise. A su lado, se sentía segura de verdad. Feliz de verdad. La hacía sentirse guapa.

Se le escapó una carcajada y el director de la sesión se giró a mirarla mal. Como si se hubiese reído de él. Aquel hombre era un artista. Por lo tanto, no poseía sentido del humor. Pero no se estaba riendo de él.

Guapa. Llevaba once años sin sentirse guapa. Había habido un tiempo en el que había destacado entre la multitud, una niña bonita procedente de una buena familia. Hasta que el incendio había arrasado con todo. Nadie había sabido qué hacer con las consecuencias. Nadie había sabido llegar a ella.

Así que la habían ridiculizado.

En esos momentos, sintió que parte de aquello se esfumaba.

La brisa caliente le acarició el rostro y sonrió.

Por fin estaba tomando las riendas. No, no había escogido las cicatrices y, si le hubiesen dado a elegir, no las habría escogido, pero había pasado demasiados años enfadada por su culpa. Sacudiendo el puño al cielo porque no era justo.

No lo era, pero estaba ahí. Formaba parte de su vida.

Y la noche anterior había dado el primer paso para conseguir tener una vida más equilibrada, que no estuviese regida por un acontecimiento sucedido tanto tiempo atrás. Un paso hacia la libertad.

Su mente había empezado a abrirse al conocer a Blaise y, después de la noche anterior... era como si le hubiesen quitado una venda de los ojos.

Y más que eso, estar con Blaise la había cambiado por dentro. Se sentía viva, emocionada con la vida. Y no solo con el trabajo. Había sido como despertar.

Mientras que no fuese más allá. Y no lo haría. Blaise había sido... bueno con ella. Pero era un seductor experto y eso era lo que había hecho: seducirla. Y a Elsa no le importaba, porque era lo que había querido.

Pero no sería tan tonta como para enamorarse de semejante hombre.

–He vuelto –dijo Elsa al volver a casa.

Era tarde, el sol se estaba ocultando detrás del lago y estaba muerta de hambre.

Blaise no respondió.

Ella entró en el salón y se sentó en el sofá. Había

un papel doblado en la mesita del café y lo tomó. Era una nota, de Blaise, escrita con una letra sorprendentemente elegante: *La cena, en el lago.*

La escritura elegante y la misiva, muy masculina. No había corazones ni florituras para Blaise Chevalier. Elsa sonrió.

Había sudado durante la sesión, pero tenía demasiada hambre como para ir a cambiarse antes de cenar. Estaba desesperada.

De todas maneras, iba vestida con un bonito vestido que dejaba sus piernas al descubierto. A Blaise parecían gustarle. Así que fue hacia la puerta trasera de la casa sonriendo.

Allí lo encontró, con la camisa blanca abierta en el cuello y una rosa en la mano. Era un pequeño detalle, la rosa, pero hizo que a Elsa se le encogiese el estómago. La última vez que le habían regalado flores, había sido en el hospital.

Había un barco blanco, grande, amarrado delante de la casa. Allí era donde estaba la cena. Un yate y una rosa.

—Ojalá me hubiese arreglado más.

—Tú siempre estás preciosa —le dijo Blaise, avanzando hacia ella con el brazo estirado.

Elsa aceptó la rosa y se pasó los suaves pétalos por la mejilla mientras inhalaba su delicado aroma.

—Gracias.

—Guárdala, tengo planes para ella más tarde.

—Así dicho... suena a alguna travesura.

—Nunca he dicho que fuese un chico bueno —respondió él sonriendo.

No, pero en ocasiones sí se comportaba como un hombre bueno, y eso era lo que la confundía.

Porque conocía bien a Blaise el hombre de negocios despiadado, a la versión de él que hacían los medios de comunicación. Después había conocido al hombre que tenía sus raíces en el país de su madre y que quería convertirlo en un lugar mejor. Y, más recientemente, a Blaise el amante. El hombre capaz de tocarle las cicatrices sin inmutarse, que la invitaba a cenar en un yate.

Y tenía la horrible sensación de que era aquel último Blaise, el amante, el que corría el riesgo de evaporarse algún día.

Pero hasta que lo hiciese, iba a disfrutar de cada minuto que pasase con él.

—¿Qué tal la sesión? —le preguntó, guiándola hasta el yate con una mano en su espalda.

—Estupendamente. Mejor que ayer. Es... divertido. Me ha hecho darme cuenta de que mi carrera no depende solo de mí. Hay modelos, directores, estilistas. Yo solo soy una pieza más del puzle. Creo la ropa, pero no todo depende de mí.

—¿Creías que todo dependía de ti?

—Sí, supongo que sí. Aunque supiese que había otras personas que podían influir en mi trabajo.

—¿Y eso te parece bien?

—Ayer no me lo parecía, pero hoy me he dado cuenta de cómo funcionan las colaboraciones y estoy contenta.

Respiró hondo antes de continuar.

–Ese es uno de los motivos por los que no me gustaste cuando te vi llegar.

–Pero solo uno –comentó él, entrelazando los dedos con los de ella para ayudarla a subir al yate.

–Sí, hay otros –admitió ella en tono ausente mientras miraba a su alrededor.

Había velas encendidas cerca de una suave manta cubierta de almohadones. Al lado, una cesta de merienda y dos copas junto a una botella de vino blanco abierta.

–¿Y cuáles eran esos otros motivos?

–Se me han olvidado –le respondió ella–. Porque si me hubieses contado esto la noche en que te conocí, me habrías caído bien antes.

–Ah, así que se te puede comprar.

–¿Con una cena en un yate? Sí.

Elsa se giró hacia él sonriendo y se le encogió el corazón al ver que Blaise le devolvía la sonrisa. Una sonrisa de verdad. Algo tan raro en él.

–Desvergonzada.

–Tal vez –respondió Elsa casi sin aliento, al tenerlo tan cerca.

Quería que la besase, quería perderse en sus sensuales caricias.

–Creo que necesitas cenar más de lo que necesitas un beso.

Lo mismo había pensado ella hacía solo unos minutos, pero ya no estaba tan segura.

–No sé.

–Yo sí. Has estado todo el día al aire libre, con el calor que hacía, y seguro que no has comido bien.

–Estaba demasiado ocupada como para pararme a comer.

–No me sorprende.

–No se te ocurra acusarme de ser adicta al trabajo, Blaise Chevalier, porque yo podría decir lo mismo de ti.

–Yo no lo negaría, pero creo que esta noche voy a olvidarme del trabajo.

–Yo también.

Blaise se sentó en la manta y Elsa, a su lado. Estaba oscureciendo y no había luces que apagasen el brillo de la luna y las estrellas.

Blaise sirvió el vino y ella abrió la cesta y sacó una bandeja con carne, queso y fruta.

–Delicioso –comentó, tomando un trozo de salami y comiéndoselo.

Blaise la miró con los ojos entrecerrados.

–¿Qué pasa? Tengo hambre.

–Me alegro. Come.

–¡Pues no me mires así! –exclamó Elsa riendo.

Se sentía feliz, estaba cómoda. Siempre había mirado al futuro, hacia sus metas. En esos momentos, no. Solo estaba disfrutando de aquel instante.

Él sonrió, haciéndola sentir como si fuese la única mujer del planeta.

–Solo te miro porque eres preciosa.

Elsa se mordió el labio, se le hizo un nudo en el estómago.

–No sé cómo puedes decir eso.

–¿No sabes cómo puedo decir que eres preciosa? –preguntó él con el ceño fruncido.

Ella negó con la cabeza y dejó el salami que tenía en la mano en el plato.

–No.

–Pues te lo diré –le dijo Blaise mirándola a los ojos–. Tienes unos ojos maravillosos, expresivos, profundos. Y unos labios... con los que fantasearía cualquier hombre. Yo lo he hecho.

Alargó la mano y le tocó el labio inferior muy despacio, con cuidado.

–He soñado con tenerlos sobre mi piel, me he preguntado cómo sabrían, y no me han decepcionado –continuó.

Luego bajó la mano y le acarició los pechos.

–Tus pechos encajan en mis manos a la perfección y todo tu cuerpo es como debería ser un cuerpo de mujer. Es como si yo mismo te hubiese moldeado en mis sueños.

Elsa tenía la cara ardiendo, el corazón acelerado. Aquellas palabras, tan perfectas, tan sinceras, tan profundas, retumbaron en su interior. Eran difíciles de creer. Casi imposibles. Y, no obstante, veía en sus ojos que eran de verdad.

Parpadeó para no derramar las lágrimas que se agolpaban en sus ojos otra vez. Porque con Blaise, se sentía indefensa y vulnerable, pero no más débil, sino, tal vez, incluso más fuerte.

Él apartó la mano, tomó su copa y se centró en la cena. El silencio que se hizo entre ambos no fue incómodo, sino todo lo contrario.

–Gracias –le dijo ella, aclarándose la garganta, haciendo un esfuerzo por no llorar–. Esto es muy bonito.

–Tienes que relajarte más, Elsa. Ven aquí.

Blaise golpeó el trozo de manta que tenía delante y ella se sentó dándole la espalda, con sus fuertes muslos a ambos lados del cuerpo.

Él le masajeó los hombros para aliviarle la tensión. Elsa nunca había ido a darse un masaje porque no quería enseñar ciertas partes de su cuerpo.

Pero Blaise ya había visto lo peor. Sabía lo que había debajo de sus modernos vestidos y de su fría apariencia. Y seguía allí. Seguía tocándola.

Notó que le bajaba la cremallera del vestido y que le besaba el cuello, primero la cicatriz, luego el otro lado, dos veces.

–Aquí no puede vernos nadie –susurró.

Le bajó los tirantes del vestido, dejándole los pechos al descubierto, lo mismo que la espalda.

Luego tomó la rosa que Elsa había dejado encima de la manta.

–¿Puedes sentir esto? –le preguntó.

Ella notó la suave caricia de los pétalos en el cuello, en el hombro.

–Sí, Blaise, lo que...

–Quiero saber dónde sientes mis caricias. Cómo puedo darte más placer. Quiero conocer tu cuerpo –la interrumpió, volviendo a mover la rosa–. ¿Y esto?

–Sí.

Bajó la rosa y la sensación desapareció.

–¿Y esto, Elsa?

–No.

Elsa quería sentirlo. Todo. En todas las partes del cuerpo. Y le frustraba que no fuese posible.

Entonces volvió a notarlo, en la base de la espina dorsal.

–Ahí sí que puedo sentirlo –murmuró.

–¿Y aquí? –le preguntó él, bajando más.

–Sí –respondió Elsa suspirando, deseando que la acariciase con las manos aunque le estuviese gustando aquello también.

–¿Y esto?

Notó sus labios en el omóplato. Se le encogió el estómago y se le aceleró el corazón.

Solo pudo asentir y morderse el labio para no dejar escapar un gemido de placer. Se estremeció y ya no siguió conteniéndose cuando notó la lengua de Blaise en la espalda.

–Todo eso puedo sentirlo –le dijo con voz estrangulada.

–Aquí –comentó él, tocando un lugar que Elsa no supo cuál era–. Aquí es donde está lo peor.

Y aunque Elsa no pudo verlo, supo que le había dado un beso.

Una lágrima corrió por su mejilla y no se molestó en limpiársela.

–Pero aquí –continuó él, dándole otro beso en el hombro–. Aquí sí que me sientes.

–Sí –susurró Elsa, cerrando los ojos.

–Ya tengo un mapa de tu cuerpo –añadió Blaise sin dejar de acariciarla.

Elsa deseó decirle que conocía su cuerpo mejor que ella misma, pero no pudo hablar por miedo a deshacerse en lágrimas.

Así que, en su lugar, se giró y lo besó, poniendo

toda su emoción en ello. Él le devolvió el beso y levantó las manos para acariciarle los pechos.

—Ah, lo estaba deseando —comentó Elsa suspirando.

—Yo también.

—Pero tú vas demasiado vestido —protestó, tocándole el pecho.

—Eso puedo solucionarlo.

Blaise se quitó rápidamente la ropa y la dejó tirada por la cubierta. Elsa lo acarició.

—Eres perfecto —murmuró.

Él tomó su mano y la besó en la muñeca.

—No más que tú.

Y a ella se le volvieron a llenar los ojos de lágrimas que intentó contener de nuevo.

Solo deseaba poder darle a Blaise tanto como él le había dado a ella.

Se incorporó un momento para quitarse el vestido y la ropa interior, y se deshizo de los zapatos a patadas.

Después, se arrodilló y lo besó en el pecho, pasando la lengua por sus musculosos pectorales. Lo deseaba más que a nada en el mundo. Trazó una línea por el centro de su torso y notó cómo contraía los músculos.

Luego tomó su erección con la mano y bajó la cabeza todavía más, con la esperanza de poder darle esa noche al menos la mitad del placer que le había dado él la noche anterior. Le tocaba a ella explorar, aprender.

Notó que apoyaba una mano en su hombro y enterraba la otra en el pelo, y sus gemidos de placer alimentaron su propio deseo. No había imaginado que la excitaría tanto verlo temblar, al borde del éxtasis sexual.

–Elsa –gimió–. Ya vale, *ma belle*. Te necesito toda.

Ella levantó la cabeza y lo miró a los ojos, que brillaban de deseo.

–Y yo te necesito todo a ti –le dijo, tumbándolo sobre los cojines–. ¿Tienes un preservativo?

Blaise sonrió con malicia y metió la mano debajo de un cojín, de donde sacó un paquete. Ella se lo quitó de la mano y lo abrió.

–¿Tan seguro estabas de ti mismo?

–Con una cena en un yate, sí –respondió él sin dejar de sonreír.

–Ya veo.

A Elsa le habría gustado ser capaz de ponerle el preservativo sola, pero Blaise tuvo que ayudarla.

–La próxima vez lo haré mejor –le dijo.

–No me he quejado –comentó él, acariciándole la mejilla y dándole un suave beso en los labios mientras con la otra mano la agarraba del trasero para acercarla más a él para penetrarla.

Elsa empezó a moverse encima de él hasta que encontró su ritmo, el ritmo que hizo que su cuerpo se sacudiese y que Blaise cerrase los ojos extasiado mientras la acariciaba.

–Increíble –la animó–. Increíble.

Sus palabras, el movimiento de sus manos, de su

cuerpo, la llevaron al clímax, que sacudió su cuerpo con la fuerza de un terremoto.

Él la abrazó con fuerza por la cintura e hizo que cambiasen de posición para ponerse encima y establecer el ritmo en esa ocasión.

Y cuando llegó al orgasmo, ella volvió a sentirlo también, más suave que el primero, una lenta ola de placer que parecía alimentarse del de él.

Se agarró a sus hombros y lo besó en la clavícula.

Él se puso de lado sin soltarla y ella apoyó la cabeza en la curva de su cuello.

—No me hacían falta ni el yate ni la cena —le susurró—. Con esto era suficiente.

El cuerpo de Blaise seguía teniendo sed de Elsa, incluso después de haber disfrutado del mejor sexo de toda su vida. Quería más. Y aunque lo tuviera, sabía que la satisfacción solo le duraría un instante antes de desear todavía más.

Le acarició el costado, la curva de la cintura y la de la cadera. Era única en muchos aspectos. Como una sirena inocente, perfecta y dañada al mismo tiempo. La contradicción personificada. Y no podía fascinarlo más.

Era una sensación nueva. Confundía a todas las mujeres con las que había estado. Sobre todo, a aquellas con las que se había acostado después de que Marie lo hubiese dejado.

Con Marie había tenido la necesidad de poseerla,

de que fuese suya. Aunque hacía mucho tiempo que era consciente de que lo que había sentido por ella no había sido amor. Había dejado de creer en aquella emoción o, al menos, en su capacidad para sentirla.

Lo que tenía con Elsa era diferente. No era una mera posesión. Quería darle. Quería conocer su cuerpo lo máximo posible para poder darle todo el placer que se merecía.

Aunque, proviniendo de él, fuese un regalo envenenado.

E incluso sabiéndolo, no pudo dejarla marchar. Continuó abrazándola, acariciándola.

—Nadie, salvo los médicos y las enfermeras, me había tocado las cicatrices así —murmuró ella—. Después del incendio... ni siquiera mi madre fue capaz de volver a tocarme.

Blaise apretó la mandíbula. Le había ocurrido algo similar con sus padres después de que estos se divorciasen.

—Un reflejo de sus propios problemas —dijo con voz tensa—, no de los tuyos.

—Ahora lo entiendo. O, al menos, estoy empezando a hacerlo.

—¿Qué ocurrió, Elsa?

Una lágrima caliente se escapó de sus ojos y fue a caer sobre el pecho de Blaise. A este no le gustaba ver llorar a ninguna mujer, pero al menos Elsa no estaba sollozando, solo sabía que estaba llorando porque había notado la humedad en su piel.

—Mi familia vivía en Nueva York, en una casa enorme. Era como un laberinto. Tres pisos, miles de metros cuadrados y muchas habitaciones. Todos estábamos durmiendo. Cuando despertamos... hacía demasiado calor. El pomo de la puerta de mi habitación me quemó la mano –dijo, mostrándole la mano izquierda–. Me daba miedo saltar desde un tercer piso por la ventana, así que intenté... salir.

Blaise la abrazó con más fuerza. Era lo único que podía hacer, además de escucharla. Y odió la sensación. Odió no poder darle nada. Sobre todo, odió que le hubiese ocurrido algo así. Él había prendido fuego a su propia vida y las consecuencias habían sido suyas. Elsa, sin embargo, no había hecho nada para merecer tanto sufrimiento.

–¿Cómo saliste? –le preguntó.

–Por la ventana del segundo piso. Intenté bajar por las escaleras principales pero... estaban en llamas y ya me había quemado al recorrer el pasillo... No podía respirar.

–¿Y tu familia?

–Estaba sana y salva. En el jardín, agarrados los unos a los otros.

–Habían ido a la habitación de mi hermana y la habían sacado de allí y luego... ya no habían podido volver a entrar a por mí.

Otra lágrima aterrizó en el pecho de Blaise.

–Es horrible, preguntarse por qué actuaron así. Es horrible estar enfadado porque no arriesgaron su vida por mí.

–Pero así es como te sientes.

Se hizo el silencio entre ambos y Blaise se dio cuenta de que Elsa tenía una lucha interna.

–Sí –admitió en un susurro–. Me he pasado toda la vida intentando demostrar que merecía la pena que se sacrificasen por mí, pero da igual. Eso no cambia nada. No pueden... casi no pueden ni mirarme porque se sienten culpables y... no son capaces de manejar ese sentimiento de culpa.

–Y tú no tienes derecho a estar enfadada.

Ella negó con la cabeza.

–Lo siento, pero vales mucho más que eso.

Era cierto, valía mucho más que una familia incapaz de ayudarla. Valía más que un hombre que solo podía ofrecerle placer en un dormitorio.

Su familia era demasiado egoísta para ver más allá de su propio dolor y sanar el de Elsa. Y él era demasiado egoísta para dejarla marchar.

–¿Y tu familia? –le preguntó Elsa–. ¿Tienes relación con ella?

–Sí, a veces.

–¿Con tu hermano?

Blaise cerró los puños con fuerza.

–Sí.

–Eso está bien.

–Mañana volvemos a París.

–Lo sé –susurró Elsa.

–Pareces triste.

–Me gusta el yate –comentó ella riendo.

Él le acarició el cuello, los pechos, trazó una línea con el dedo alrededor de uno de sus pezones.

–También tengo yates en Francia.

Capítulo 11

EN CUANTO volvieron a estar en suelo francés, Elsa empezó a ver las primeras pruebas del efecto que había tenido su estancia en Malawi. En los periódicos había fotografías de los dos en la playa del lago Nyasy, durante la sesión de fotos, con la mano de Blaise apoyada en su espalda.

Y la boutique se había visto inundada de clientas que querían comprar el vestido blanco que había llevado puesto ese día. También había recibido muchas llamadas de otras tiendas que querían saber si podían hacerse distribuidoras de su marca.

Siempre había soñado con algo así y estaba ocurriendo. Y el hecho de tener que compartirlo con Blaise solo hacía que fuese todavía mejor.

Blaise. Sonrió al pensar en él. Su amante. El hombre que la abrazaba por las noches, que la miraba con deseo en vez de repugnancia o indiferencia.

Terminó la muestra virtual que estaba preparando para enviar a los almacenes Statham's, que le habían pedido que les enviase fotografías de sus prendas más comerciales.

Era el proyecto más importante. Y eso que la campaña publicitaria de *Look* todavía no había salido. Elsa no podía ni imaginar qué ocurriría cuando lo hiciese.

Si conseguía colocar su marca en aquellos grandes almacenes, empezaría por fin a sentirse bien. Empezaría a merecerle la pena estar viva. Y podría demostrarle a su madre lo que valía.

Y, no obstante, eso ya no era tan importante.

Estaba orgullosa de lo que había conseguido y de haberlo hecho junto a Blaise, pero ya no tenía la necesidad de demostrarle nada a nadie.

Porque sabía que valía. La industria de la moda y los clientes se lo habían demostrado.

Y, luego, estaba Blaise.

Hacía dos días que habían vuelto a París y no había vuelto a verlo. Lo echaba de menos. Echaba de menos sus caricias, sus besos, ser suya. Encogió los dedos de los pies dentro de las botas y envió el correo electrónico a los almacenes Statham's.

Luego apoyó la espalda en el respaldo de la silla y se dijo que había sido virgen durante veinticinco años y lo había soportado. No era posible que, después de dos días sin Blaise, se sintiese como si fuese a explotar de la energía sexual que llevaba dentro.

Él estaba muy ocupado. Y ella también. Tenía que recuperar el tiempo perdido en la boutique, y atender a las peticiones que había recibido.

No debía llamarlo. Tenía que esperar a que él la llamase.

Tomó el teléfono móvil de encima del escritorio y marcó su número.

–Elsa.

Se estremeció al oír su nombre dicho por él.

–Hola. Solo quería... He estado muy ocupada, pero acabo de terminar lo que tenía que hacer.

Esperó. Esperó a que Blaise pillase la indirecta y le dijese que quería verla. Aquello era casi más aterrador que la primera vez que le había visto las cicatrices. Porque estaba demostrándole que no solo era imperfecta por fuera. Le estaba dejando entrever sus sentimientos.

Unos sentimientos que no estaba segura de que tuviesen un lugar en su vida, ni en la de él.

Blaise no dijo nada, así que Elsa añadió:

–Me preguntaba si te gustaría que nos viésemos esta noche.

–Tengo que asistir a un evento esta noche –le respondió él en tono distante.

–Una fiesta.

–Una reunión de gente.

–Sí, una fiesta –repitió Elsa, agarrando el teléfono con fuerza–. ¿No quieres llevarme?

Era una pregunta tonta. Era una tontería mostrarle su inseguridad. Era ridículo sentirse insegura.

–No creo que te interese. Vamos a hablar de negocios.

–Si yo tuviese que asistir a una fiesta benéfica, ¿te gustaría venir conmigo?

–Sí –contestó Blaise sin dudarlo.

Elsa expiró.

–De acuerdo, sé que lo que tenemos no es algo permanente. Sé que es solo físico, pero, en mi mente, es una relación. Era virgen por las cicatrices, porque tenía miedo a ser rechazada, pero creo que, incluso sin ellas, me habría tomado en serio cualquier relación sexual que hubiese tenido –le dijo. Tenía un nudo en el estómago–. ¿No irás a llevar a otra?

–No le veo sentido a eso de estar con dos mujeres a la vez. Si quiero a una mujer, estoy con ella. Si no, rompo con ella –replicó Blaise en tono duro.

–Vale, pero tienes que admitir que es normal que me preocupe que no me hayas dicho nada de la fiesta.

–No era mi intención... preocuparte. Pero siempre mantengo separadas mi vida profesional de la personal.

–Salvo en el caso de mi negocio.

–Lo que ha ocurrido entre nosotros era inevitable. Normalmente no me acostaría con uno de mis socios.

–Eso me hace sentir mucho mejor –dijo ella en tono irónico.

–¿Quieres que discutamos?

–No. Lo siento.

–¿Qué quieres que te diga ahora para que te pongas contenta? –le preguntó Blaise con frustración.

Ella se echó a reír.

–Ve a la fiesta solo si quieres. Es solo que me he sentido excluida. Si he sido solo una conquista de dos noches, dímelo, pero yo pensaba que íbamos a seguir juntos.

—No eres solo una conquista de dos noches –le dijo él.

Elsa recordó la noche del yate, cuando la había acariciado con la rosa y después con los dedos para aprenderse su cuerpo. Estaba segura de que era más que una aventura, pero no sabía si Blaise quería que fuese más.

—¿Y no te sientes avergonzado de mí?

—¡*Mon dieu*! Elsa, no me siento avergonzado de ti –respondió, como si la idea lo ofendiese.

—Lo siento otra vez. Hasta mi propia familia lo estaba. Mis padres no me dejaban llevar un bañador normal cuando íbamos al club de campo. Tenía que llevar uno que me tapase todo el cuerpo.

Se hizo el silencio entre ambos y Elsa advirtió que había vuelto a hablar más de la cuenta. Le había contado cosas que jamás le había dicho a nadie, pero en esos momentos necesitaba liberarse de ellas.

—Elsa, no sé qué quieres de mí –admitió Blaise, hablando despacio.

—Sinceridad.

—Soy sincero.

—Gracias.

—Luego hablamos.

Ella asintió, aunque él no pudiese verla, y luego colgó.

Blaise juró en voz alta en su despacho, pero no se sintió mejor. En ocasiones, Elsa le hacía sentirse como si estuviese sangrando por dentro. Porque había pensado que se avergonzaba de ella, como le había sucedido a su familia después del incendio.

No era el hombre adecuado para estar a su lado. Había intentado distanciarse desde que habían vuelto a París para no hacerle daño.

Pero Elsa lo había llamado, como una sirena, para que volviese a acercarse a las rocas.

Había estado a punto de pedirle que lo acompañase esa noche, pero luego se había dicho que no iba a permitir que nadie lo manipulase. Marie había sido una maestra en el arte de la manipulación. Y él se lo había permitido.

No cometería el mismo error con Elsa.

Durante los últimos tres años, la mayor parte de sus relaciones habían durado una o dos noches, pero no quería eso con Elsa. Todavía no podía dejarla.

No obstante, le hacía perder el control. Y eso no podía tolerarlo.

No, sería él quien llevase las riendas de su relación. Y la tendría esa noche. La llevaría a la fiesta y, después, a su cama.

Y la haría suya.

—Fue un error, pensar que estaría mejor sin ti esta noche.

Elsa se ruborizó al oír aquel cumplido. Sobre todo, porque se había arrepentido de haber sido tan trasparente con Blaise y por haberle casi rogado que la llevase a la fiesta.

Pero cuando este la había llamado menos de veinte minutos después de su primera conversación, no había podido negarse a acompañarlo.

Le había sido sincera, aunque la suya fuese solo una relación sexual, ella se la tomaba en serio. Enseñarle sus cicatrices había sido el primer paso para descubrirse entera.

Blaise llevaba las cicatrices por dentro, y eso le permitía protegerse. Sabía de ella más que nadie en el mundo y eso hacía que pensase que tenía ciertos derechos sobre él.

Sin embargo, él solo compartía su cuerpo.

Había intentado preguntarle por su familia en el yate, pero Blaise había respondido con monosílabos y casi no le había dado información.

—Gracias por el casi cumplido —le dijo mientras entraban en uno de los salones de un lujoso hotel.

Blaise le había contado que iba a reunirse con un potencial cliente que no estaba seguro de querer asociarse a él debido a su reputación.

—Era un cumplido. Cometí un error. ¿Qué más quieres?

—Nada —le respondió—. Que me lo hubieses pedido tú primero.

—Pensé hacerlo —admitió él, mirándola a los ojos—, pero es una reunión de negocios y necesito estar concentrado, no excitado.

Ella sonrió.

—¿Te parece divertido?

–Un poco ordinario como piropo, pero sí, me parece divertido. Pensé que habías perdido el interés en mí.

–No me gustan las mujeres que se hacen las inseguras.

–No me hago la insegura. Es solo que no me ha gustado que no me llamases. Solo te pido respeto.

–¿Y te he dado algún motivo para que pienses que no te respeto?

–Solo que no llamaste al volver a París. Me parece bien que quieras que nuestra relación sea informal, pero no me gustan los regímenes de incomunicación y que solo me llames como si fuese una línea erótica.

–Pensé que tal vez necesitabas espacio –le dijo Blaise en tono sincero.

–Pues te equivocaste, quiero decir, que necesitaba saber cómo estábamos al volver a París.

Blaise le dio un beso en los labios y ella se quedó inmóvil. Lo había echado demasiado de menos.

Cuando se separaron, no la soltó y le dijo en voz baja.

–Creo que queda claro cómo está nuestra relación, al menos, cuando estamos cerca.

–Supongo que sí.

Él le acarició la mejilla y la miró a los ojos.

–No puedo mantener las manos alejadas de ti.

Elsa se sintió como si estuviesen solos en la habitación. Se acercó más a él y le pasó la lengua por los labios.

Blaise retrocedió.

–No.

–¿Por qué no?

–Porque he venido a hacer negocios, ¿recuerdas?

–Ah, sí. Prometo que sabré comportarme.

Él la miró fijamente unos segundos más.

–Qué pena.

Luego le dio la mano y la llevó hacia el bar, donde los esperaba Calder Williams, dueño de una importante cadena de hoteles, el siguiente proyecto en el que quería invertir Blaise.

–Calder –lo saludó, dándole la mano y volviendo a concentrarse en el trabajo, aunque su cuerpo siguiese empeñado en que se centrase en Elsa.

–Blaise... –respondió éste, mirando a Elsa con interés– me alegro de verte otra vez.

–Yo también.

–¿Y usted es? –le preguntó Calder a Elsa.

–Elsa Stanton –respondió ésta, dándole la mano, en la que Calder le dio un beso.

A Blaise no le gustó el gesto. Elsa era suya. Puso un brazo alrededor de su cintura mientras empezaban a hablar del proyecto de expansión de la cadena hotelera.

Calder no dejaba de mirar a Elsa, más interesado en ella que en el negocio.

Y Blaise no podía evitar pensar que no quería que la mirase. No quería que la desease.

Era suya.

–Me parece –le dijo en tono gélido después de unos minutos– que deberíamos continuar esta conversación otro día en mi despacho.

Calder sonrió.

–Llamaré a tu secretaria.

–Bien.

–Encantado de conocerte, Elsa.

–Ha sido un placer –respondió ella, ajena a todo.

–¿Tienes una tarjeta de visita? –le preguntó Calder.

Elsa buscó en su bolso rosa fucsia y le dio una.

–Sí, viene la dirección y el teléfono de la boutique.

–Ah, diseñadora de moda, tenía que habérmelo imaginado.

–Calder, ¿por qué no lo intentas con alguna mujer que haya venido sola?

Elsa se puso tensa al oír aquello y Calder sonrió.

–Por supuesto –dijo, metiéndose la tarjeta en el bolsillo de la chaqueta.

–Ha sido un placer –le dijo Elsa, agarrándose al brazo de Blaise.

Solo lo soltó cuando se habían alejado de Calder y estaban en un pasillo, y echó a andar delante de él hacia la puerta.

–¿Qué te pasa? Pensé que querías acompañarme –le dijo Blaise.

–No sabía que ibas a comportarte como un tonto celoso.

–Tú te has comportado igual cuando me has llamado esta mañana.

–Pero no te he puesto en ridículo delante de nadie.

–Iba a devorarte conmigo allí.

–Yo no lo habría permitido, ¿cuál es el problema?

–El problema es que era una reunión de negocios y no ha sido nada profesional.

–Yo no tengo la culpa de que te hayas portado como un macho posesivo, Blaise Chevalier.

Elsa tenía la mirada encendida y las mejillas sonrojadas. Estaba enfadada, pero a él le pareció que estaba muy sexy. No pudo evitarlo.

Había habido una época en su vida en la que se había considerado un hombre de honor. Un hombre capaz de controlar sus instintos más básicos.

Pero todo eso se había terminado tres años antes y no iba a ser esa noche cuando lo cambiase. Necesitaba tener a Elsa. Era una cuestión de atracción. Tenía que saber que era suya. Que él era el hombre al que deseaba, y no Calder ni ningún otro. Necesitaba asegurarse que estuviese con quien estuviese después de él, siempre lo recordaría.

La besó apasionadamente y su cuerpo se endureció al instante.

Ella le devolvió el beso, agarrándolo de la cara. Blaise la hizo retroceder contra la pared sin soltar sus labios. La estaba besando como si se estuviese muriendo y aquel fuese el último momento de su vida.

Era un beso alimentado por la desesperación, una desesperación que no podía entender ni controlar, que corría por él con una intensidad que no había experimentado nunca. Tal vez fuese la mezcla de su enfado con el de ella, lo que creaba una combinación tan letal y explosiva.

Aquello no era el preludio civilizado de una noche de sexo sin complicaciones. Era algo más. Algo más profundo. Lo había sido desde el momento en que había tocado a Elsa.

–Blaise...

–Elsa.

La miró a los ojos, la besó en la mejilla, en el cuello, en el lugar en el que el fuego había marcado su piel. Luego pasó al otro lado del cuello y le dio dos besos, tal y como le había prometido.

Ella se arqueó contra su cuerpo y Blaise le acarició los pechos. Después la agarró por las caderas y la apretó contra él para que sintiese su erección. Para que supiese lo que estaba haciendo con él.

Elsa le acarició la espalda y le agarró el trasero.

Estaban en un pasillo donde cualquiera podía verlos y Blaise estaba a punto de llegar al orgasmo, pero le daba igual. Lo único que le importaba era tener a Elsa.

Se oyó el ruido de unas puertas al abrirse y esta se quedó inmóvil y lo soltó. Él se apartó, pero solo un poco, manteniendo la mano en su cintura.

Un pequeño grupo de personas salió del salón, charlando y riendo, ajenas a ellos.

Elsa bajó la cabeza y la apoyó en su hombro.

–No sé... qué nos ha pasado.

–Es deseo.

–Deseo –repitió ella–. Tal vez.

Pero no parecía convencida.

–¿Vamos a tu casa o a la mía? –le preguntó él.

–Mi cama es pequeña.

Aquello volvió a recordarle a Blaise lo inocente que era. Mientras que él era un cerdo.

–Entonces, a la mía.

Capítulo 12

EL PISO de Blaise era el reflejo del propio hombre. Frío, de líneas depuradas y sin pistas acerca de cómo era por dentro.

Ni una fotografía de familia. Ni una obra de arte que no fuese moderna y que no hubiese escogido el diseñador de interiores que le había decorado el piso.

Reflejaba lo que él enseñaba al mundo, pero no lo que Elsa conocía de él. Blaise era Malawi. El lago, el cielo, una belleza indomable.

–Bonitas vistas –comentó, mirando por la ventana hacia la ciudad de París, con la torre Eiffel al fondo.

Blaise se encogió de hombros.

–Casi ni me doy cuenta.

–Entonces... ¿por qué vives aquí si no aprecias la situación del piso?

–Ah, sí que la aprecio. Este ático fue una buena inversión, sobre todo, por las vistas.

–Eso es... muy típico en ti.

–Tú tienes alma de artista, Elsa –comentó él en tono indulgente–. Yo la tengo de financiero. Tú ves el arte, yo, el valor económico.

–Entonces, ¿esa es tu pasión, el dinero?

–No el dinero en sí, sino ganarlo. El reto de ganarlo.

Elsa respiró hondo y continuó mirando a su alrededor. Todo estaba demasiado limpio y ordenado.

–No suelo estar mucho en casa –comentó Blaise, como si le hubiese leído el pensamiento.

–Ah.

Atravesó la habitación con los ojos clavados en ella y todo lo demás se desdibujó a su alrededor. En cuanto la besó, solo sintió la necesidad de tenerla. Era la primera vez que le ocurría algo así.

La primera vez que alguien traspasaba el muro que había levantado alrededor de su corazón.

Elsa apoyó las manos en su pecho y empezó a desabrocharle la camisa.

–Eres perfecto –susurró cuando se la hubo quitado.

A él se le encogió el corazón y pensó que solo se refería a su cuerpo, porque si pudiese ver dentro de él, no diría algo así.

–Mi habitación está arriba –le dijo, intentando ir a un territorio más seguro. La cama. Allí podía dárselo todo.

Era el único lugar en el que podía darle todo lo que se merecía.

Ella sonrió con picardía, separándose de él para subir las escaleras.

La habitación tenía las mismas vistas que el salón. Unas vistas que no representaban nada para él. Salvo promesas rotas. Las de Marie y las suyas propias. Había comprado el ático porque Marie le había dicho que lo hiciera.

Y las vistas habían sido lo único que había permanecido igual después de que ella se marchase, con otro. Entonces, había contratado a un diseñador de interiores para erradicar los toques femeninos que su ex le había dado a la casa. Había hecho un esfuerzo por eliminar todo lo que le recordase a ella.

Así que llevaba tres años ignorando las vistas, pero en esos momentos, al mirar hacia la ventana, vio al silueta de Elsa dibujada en ella. Lo estaba mirando con deseo.

No se molestaba en ocultarlo. Su sinceridad era sorprendente, más de lo que se merecía. Y, no obstante, la quería. Deseaba a Elsa.

Esta miró detrás de ella, hacia las ventanas.

—No se ve nada desde fuera, ni siquiera con las luces encendidas —le aseguró Blaise.

Elsa asintió y se llevó la mano a la espalda para bajarse la cremallera.

—Me alegro, porque esta noche... quiero que dejemos las luces encendidas.

Blaise se dio cuenta de que estaba nerviosa y se excitó al verla quitarse el vestido.

Era la mujer más valiente que había conocido. Una mezcla de suavidad y fuerza, de inseguridad y confianza. Había sufrido mucho y sin ningún apoyo.

Se olvidó de todo y se centró en ella, que se había quitado el sujetador.

Se acercó y le acarició la curva de los pechos,

haciendo un esfuerzo para no tocarla allí donde más deseaba ella que la tocase.

Su propio cuerpo protestó. Quería tenerla ya, cuanto antes. Pero él quería saborearla. Darle todo lo que pudiese darle.

Elsa se movió contra su cuerpo y se quitó las braguitas y los tacones.

Él metió la mano entre sus piernas y la acarició. Metió un dedo en su interior, luego dos.

–Blaise, no puedo más... –gimió ella, aferrándose a sus hombros.

–Déjate llevar –le pidió él, deseando notar con los dedos cómo llegaba al clímax.

Ella se mordió el labio y empezó a sacudirse, temblando, apoyando todo el peso de su cuerpo en él.

–*Ma belle* –le susurró Blaise, tomándola en brazos para llevarla hasta la cama.

Una vez allí, Elsa tomó su erección con la mano y le dio placer.

Mientras, él la besó en el cuello y le mordisqueó la delicada piel antes de bajar hacia los pechos.

–Eres como un postre –le dijo, pasando la lengua por uno de los pezones endurecidos–. Fresas con nata. Pero mucho mejor, más deliciosa.

Chupó con fuerza y notó cómo Elsa arqueaba la espalda hacia él.

–Te deseo, Blaise –le dijo–. Solo a ti.

Y su cuerpo sintió la necesidad de estar dentro de ella, de hacerla suya, pero se contuvo todo lo que pudo y fijó su atención en el otro pecho.

–Blaise –insistió ella–. Ya.

Y él perdió el control y sacó un preservativo de la mesita de noche y lo abrió con dedos temblorosos.

—Dámelo —le pidió Elsa.

—No. Si me tocas, no aguantaré.

—No me importa.

—A mí, sí.

Elsa le quitó el paquete de la mano y lo dejó encima de la cama.

Luego, se inclinó hacia delante y pasó la lengua por su erección antes de metérsela en la boca.

Blaise quiso protestar, pero no fue capaz.

—Venga, déjate llevar, Blaise —le dijo ella.

No tuvo que esforzarse mucho más en hacer que perdiese el control por completo.

Luego, se tumbó de nuevo a su lado y apoyó una mano en su pecho.

—Me encanta el contraste entre tu piel y la mía —le dijo suspirando—. Estoy agotada.

Elsa cerró los ojos y su respiración se volvió profunda. Blaise se quedó con los ojos abiertos. Sabía que esa noche no iba a poder dormir.

A Elsa le dolía todo el cuerpo, después de haber pasado toda la noche haciendo el amor. Cambió de postura y apoyó la mano en el lugar en el que había estado Blaise. Expiró.

No sabía cómo ni cuándo había ocurrido, pero la noche anterior, mientras hacían el amor, se había dado cuenta de que estaba enamorada de él.

Enamorada de Blaise Chevalier, conocido mujeriego, que le había robado la prometida a su hermano, y hombre de negocios despiadado.

Aunque ella no lo viese así, sino como al hombre que trazaba sus cicatrices, que la había abrazado mientras le contaba sus secretos más oscuros. El hombre que creía en su talento, que pensaba que era bella.

Casi parecía imposible que fuese el mismo hombre del que hablaba la prensa. El hombre al que toda Francia odiaba.

Elsa sabía que no era una buena apuesta, que le iba a romper el corazón y, no obstante, no tenía miedo, ni le entristecía estar enamorada de él.

Porque la noche anterior se había sentido como una mujer de la cabeza a los pies. Una persona completa. Capaz de estar con el hombre al que amaba, de hacer lo que quisiera, con el hombre al que amaba.

Por fin estaba viviendo la vida y, aunque era probable que le rompiesen el corazón, no iba a volver a esconderse.

Blaise entró en el dormitorio con una toalla enrollada en la cintura y el pecho todavía húmedo. Elsa deseó secárselo con la lengua.

–Háblame de Marie –le pidió casi sin darse cuenta.

Él se quedó inmóvil un instante, luego se quitó la toalla y fue desnudo hasta el armario.

–¿Por qué?

–Porque sí. ¿No quieres que sepa nada?

–Míralo en Internet.

–Ya lo he hecho.

–¿Y no ha sido suficiente?

–No, ni mucho menos.

–No tiene importancia.

–Si no la tuviese, me lo estarías contando.

Blaise abrió el primer cajón del armario y sacó unos calzoncillos negros. Se los puso.

–Era la prometida de Luc. Tres semanas antes, estábamos a solas en su ático y la seduje. Así que canceló la boda. Estuvimos un año juntos y, luego, me dejó.

Elsa se llevó las rodillas al pecho.

–Pensé... que la habías dejado tú.

–No. Aunque tenía que haberlo hecho, porque la miraba y veía la traición a mi hermano.

–¿Y por qué...?

–¿Por qué? –repitió Blaise–. Porque la quería. Al menos, esa fue mi excusa. El amor lo puede todo, ¿no?

–¿La querías?

Elsa sintió celos. Le dolió que Blaise le hubiese entregado su corazón a otra persona. Le había sido más fácil pensar que la había seducido y había sido cruel con ella.

–Bueno, no, no la quería. Creía que la quería. Y eso fue la excusa para ser egoísta. El corazón es perverso, Elsa.

–No estoy de acuerdo.

–Porque no lo has vivido. No has visto cómo puede llegar a cambiarte. Ahora prefiero utilizar la mente. Sé que puedo confiar en ella –le dijo, mirando por la ventana–. ¿Sabes por qué tengo estas vistas? Por ella. Me pidió que se viese la torre Eiffel, para cuando diésemos fiestas. Y yo le hice caso para demostrarle mi amor, fue sencillo, porque solo tuve que firmar un cheque. ¿Acaso es eso el amor, Elsa?

–No.

–Eso pienso yo también.

Elsa tenía el estómago encogido de celos, tristeza, ira, todo mezclado.

Había pensado que se sentiría más unida a él sabiendo aquello, pero en esos momentos se sentía lejos. Era como si el vínculo que había habido entre ambos estuviese desgastándose.

–Tengo que irme a trabajar –le dijo–. Me ducharé en casa. De todos modos, tengo que cambiarme de ropa.

Blaise se encogió de hombros y se puso unos vaqueros azul oscuro.

–¿Has tenido noticias de Statham's?

–Todavía no.

–Avísame cuando las tengas.

Elsa asintió. Se sentía como si se le fuese a romper el corazón en el pecho.

–Sí. Te llamaré.

Capítulo 13

HOLA –dijo Elsa, entrando en el despacho de Blaise, cuyas vistas eran tan espectaculares como las de su ático.

–¿Tienes noticias? –le preguntó él, casi sin levantar la vista de la pantalla del ordenador.

–Voy a salir en un importante programa de moda la semana que viene –le contó ella–. ¿Lo has conseguido tú?

–No, Elsa. Ni eso, ni lo de Statham's tampoco.

La idea de haberlo conseguido sola hizo que se sintiese satisfecha, porque algún día tendría que arreglárselas sin él, tanto profesional como personalmente.

No quería hacerlo, pero lo haría.

–Solo quería que lo supieras –le dijo ella.

Y quería abrazarlo. Y besarlo. Y decirle que lo amaba.

–Estoy orgulloso de ti.

A Elsa casi le estalló el corazón al oír aquello. Era la primera vez que se lo decían, y no podía significar más, proviniendo de él.

–Gracias. Será mejor que vaya a hacer unas llamadas.

Blaise se levantó de su sillón y fue hacia ella, a poner las manos en su cintura. Inclinó la cabeza y la besó en los labios.

–Hasta esta noche.

–Hasta luego.

Elsa sabía que iba a ser un suicidio emocional, pero estaba dispuesta a arriesgarse.

Había cosas por las que merecía la pena arriesgarse. Y entre ellas estaba Blaise.

La semana siguiente pasó sin que Elsa se diese cuenta. Trabajando de día y pasando las noches con Blaise, con el que la pasión crecía momento a momento.

Y sus sentimientos por él eran cada vez más fuertes.

Estaba feliz. Ya no llevaba el maquillaje a modo de máscara ni la ropa como una armadura. Era Elsa. Y era feliz así.

La voz de su cabeza era la de Blaise, que le decía que era bella, que tenía talento. Ya no la asaltaban las dudas. No vivía en una tragedia ocurrida once años antes.

Su aparición en televisión fue un éxito y acababa de salir del plató cuando se encontró con Sarah Chadwick, jefa de compras de Statham's, que le confirmó que quería distribuir su marca en los grandes almacenes.

La primera persona con la que quiso compartir

la noticia era Blaise. Él la había ayudado a llegar hasta allí, gracias a su ayuda, había sido posible.

Y era la persona más importante de su vida.

Se giró y lo vio, apartado del resto de la gente. Vestido con un traje que ella había diseñado, con una rosa en la mano. La multitud se desdibujó y solo lo vio a él, junto al lago de Malawi, con la rosa. La noche que había recorrido con ella sus cicatrices.

Se acercó a su lado con el corazón acelerado.

–Me alegro de verte.

–Bien hecho –le dijo él, dándole la rosa.

–Y tengo el contrato con Statham's. Acabo de hablar con la jefa de ventas.

Blaise asintió.

–Sabía que lo conseguirías. ¿Nos vamos?

–Claro.

Elsa estaba deseando celebrar su éxito con el hombre al que amaba.

–Es precioso, Blaise.

Este la observó al entrar en su habitación, donde había colocado velas por todas partes, salvo en la cama.

–Gracias. Es muy especial. Esta noche ha sido especial –añadió.

Blaise estaba de acuerdo. Estaba a punto de estallar de deseo por ella. Quería hacerla feliz. Quería hacer que se sintiese todo lo especial que era.

–Ven aquí.

–No, ven tú aquí, señor Chevalier –le replicó Elsa con los ojos brillantes.

Y él lo hizo, porque no podía negarse.

Solo podía pensar en ella, en hacerla suya. Su Elsa.

Pero fue ella la que empezó a acariciarlo, con las manos, los labios, la lengua. Y Blaise tuvo que hacer un esfuerzo por controlarse.

Le encantó verla así. Salvaje. Abandonada. Segura de sí misma. Capaz de permitir que viese su cuerpo sin avergonzarse de él.

–Quiero que seas mío, Blaise. Todo mío –le dijo, poniéndole un preservativo en la mano.

Él se lo colocó con manos temblorosas y la penetró.

Su mente estaba en blanco. El deseo lo nublaba todo.

Elsa se arqueó contra él y sus pezones duros le rozaron el pecho. Lo agarró por el trasero con fuerza y susurró su nombre mientras sus músculos internos lo apretaban con fuerza.

Él gimió y se dejó llevar por el orgasmo, temblando.

Después, se tumbó de lado sin separarse de Elsa, satisfecho como nunca antes y, al mismo tiempo, con más hambre de ella. Siempre tendría más hambre de ella.

Estaba perdiendo el control, notaba cómo se le escapaba de las manos, cómo se venían abajo los muros que había levantado en su interior, permitiéndole sentir. Respiró hondo y su olor lo llenó. Se le encogió el corazón.

Aquello era inaceptable. No podía permitirlo.

Elsa estaba como en una nube. Había conseguido éxito profesional y había pasado toda la noche haciendo el amor con Blaise.

El hombre al que amaba.

Sonrió mientras sujetaba con alfileres las mangas de la chaqueta en la que estaba trabajando.

Oyó que se abría la puerta de su taller y se giró. Era Blaise, que estaba serio, tenso.

–Deberías cerrar con llave –le dijo.

–Lo siento –dijo ella, con el estómago encogido, consciente de que algo iba mal.

–Tenemos que hablar. Quiero terminar con nuestra asociación empresarial.

–Pero... si casi tengo los contratos. Estoy a punto de conseguirlo...

–Te regalo el importe del crédito, y el importe de la inversión.

Elsa sacudió la cabeza.

–No... no lo entiendo. ¿Es porque tenemos una relación? No puedo aceptar tu dinero.

–Nuestra relación también se va a terminar.

–¿Por qué?

–Te diré por qué. Porque pensé que la terminarías tú cuando te conté lo de Marie y, como no lo hiciste, lo hago yo por ti.

–¿Por qué haces esto, Blaise? –inquirió ella enfadada–. ¿Porque no has conseguido apartarme de ti contándome que eras una mala persona? ¿Por eso lo haces ahora directamente? ¿Porque contabas con deshacerte de mí y no has podido? Contabas con tu reputación para alejarme de ti.

–Mi reputación alejaría a cualquier persona sensata.

–Lo mismo que la actitud que estás teniendo ahora –le dijo ella.

Elsa sabía que Blaise estaba intentando protegerse. Porque la noche anterior habían forjado un vínculo tan profundo e intenso, que casi le daba miedo hasta a ella.

–Te quiero –le dijo.

¿Por qué mantenerlo en secreto, si era la verdad?

–Calla.

–No. No quiero.

–Es solo sexo. Eras virgen la primera vez que hicimos el amor y estás confundiendo deseo con amor.

–Eres tú el que está confundido, el que tiene miedo. Es mucho más fácil aferrarse al pasado que arriesgarse a equivocarse.

Blaise apretó la mandíbula.

–¿Vas a culparte toda la vida por haber cometido un error? –le preguntó ella.

–Aquel error me enseñó cómo era en realidad. Pensaba que era un gran hombre, lo tenía todo. Una familia con la que estaba creando un nuevo vínculo, un buen trabajo, poder, dinero y honor. Pero fui débil cuando más importaba.

–¿Es eso lo que te incomoda tanto, Blaise Che-

valier? ¿Saber que eres un hombre y no un dios?
¿Que eres humano, como el resto? Pues yo me alegro. Porque necesitaba un hombre que me enseñase
lo que me estaba perdiendo. Un hombre que me hiciese sentir bella. No necesitaba un hombre perfecto,
sino a alguien que pudiese entenderme –le dijo, apoyando la mano en su pecho–. Y tú lo hiciste. Estuviste ahí. Me hiciste ver todas las cosas que me merecía. He tenido miedo durante once años, pero ya
no lo tengo. Y es gracias a ti.

–Te equivocas, Elsa. Crees que, si sigues buscando en mi interior, encontrarás algo más, pero solo
hay lo que ves. Nada más.

–Te equivocas. Hay mucho más en ti, Blaise Chevalier.

–Y tú crees que estás viviendo un cuento de ha-
das, Elsa Stanton –replicó él–. No hay ningún motivo para que vuelvas a verme.

Y, dicho aquello, se dio la vuelta y salió de la habitación dando un portazo.

Con los ojos llenos de lágrimas, Elsa se aferró a
la mesa con fuerza.

Blaise se había marchado llevándose su corazón
para siempre.

Capítulo 14

BLAISE miró por la ventana de su ático, observó las vistas que normalmente ignoraba. Si cerraba los ojos, veía a Elsa, con las luces de la ciudad detrás de ella. Las siluetas de su cuerpo eran mucho más atractivas que la arquitectura.

Dejó el vaso de whisky con fuerza. Al marcharse Marie, se había emborrachado y había llamado a la última mujer con la que había salido antes que ella, a la que había utilizado para olvidar.

Al pensar en hacer lo mismo en esa ocasión se le encogió el estómago y sintió casi náuseas. No quería olvidarse de Elsa ni quería tocar a otra mujer.

La noche anterior se había dado cuenta de que tenía sentimientos por ella y le había dado miedo que le rompiese el corazón.

Aunque ese miedo no era comparable con el miedo a que Elsa se diese cuenta algún día de que se merecía a alguien mejor a su lado. Al miedo a ver en sus ojos la desilusión y el dolor que había visto en los de su hermano el día que se había enterado de que lo había traicionado.

Le daba miedo ver cómo se apagaba el fuego de

los ojos de Elsa. Ver cómo el amor se transformaba en odio. Era a eso a lo que no se podía enfrentar.

Pero Elsa hacía que desease intentar ser mejor de lo que era, aunque no supiese si sería suficiente para ella.

Se puso en pie y apoyó la palma de la mano en el cristal frío. Tendría que ser suficiente, porque no podía vivir sin ella.

—Elsa.

Llevaba dos semanas sin Blaise y, al parecer, estaba empezando a tener alucinaciones. Había soñado tantas veces con su voz que ya la oía incluso despierta.

Apoyó la cabeza contra la puerta del taller, con la mano inmóvil en la llave que había metido en la cerradura.

La caricia en el cuello le resultó familiar. Se giró y lo vio allí, bajo la lluvia, con la camisa abierta, sin corbata. Estaba hecho un desastre, más delgado y con ojeras, pero Elsa nunca había visto algo tan bello ni tan doloroso en toda su vida.

—¿Qué haces aquí? —susurró—. Me dijiste que no volvería a verte.

Blaise bajó la vista, como si no pudiese mirarla a los ojos.

—Si no quieres verme, me marcharé.

Por supuesto que quería verlo y estar con él. Y deseaba abrazarlo y besarlo, pero no podía hacerlo. No hasta que no supiese qué hacía allí.

—No he podido evitarlo —le dijo él con voz ronca—.

No duermo por las noches. Me duele el cuerpo por el día, tampoco puedo comer. Te... necesito en mi vida y no me he dado cuenta hasta que no te he echado de ella.

Luego le tomó la mano y acarició la cicatriz que tenía en el dorso con el pulgar.

–Tenías razón, Elsa. Tenía miedo. Tengo miedo. Tanto, que he destruido lo que teníamos juntos. He sido un imbécil.

Seguía lloviendo, pero a él parecía no importarle. A Elsa tampoco le importaba. Nada la apartaría de Blaise, ni en ese momento ni nunca.

–Una vez me dijiste que era perfecto –continuó este–. Que mi cuerpo era perfecto y, al mismo tiempo, te veías a ti dañada cuando para mí eras la mujer más completa que había conocido.

Ella se mordió el labio y negó con la cabeza.

–Ahí te equivocas. Estaba rota, asustada. Por eso me di cuenta de que tú tenías miedo, porque yo había vivido con él durante mucho tiempo, pero tú me ayudaste a superarlo, me despertaste.

Blaise la besó y ella notó cómo se hinchaba su corazón. No había ido a verla por motivos de trabajo. Había ido por ella. Le devolvió el beso apasionadamente.

–Me has cambiado –le dijo él cuando se separaron.

Trazó con el dedo las marcas de su cuello sin dejar de mirarla a los ojos.

–Tenía miedo de decepcionarte, de no poder ofrecerte nada –añadió.

–Me lo has dado todo –susurró ella–. Tal vez no lo veas, Blaise, pero es la verdad. Estaba encerrada en mí misma, mi cuerpo era mi prisión. Y tú me has liberado. Cuando te miro, veo el mundo.

–No soy perfecto, pero te quiero y haré todo lo que esté en mi mano para ser el hombre que te mereces.

–Pensé que no creías en el amor –le dijo Elsa sonriendo.

Él apoyó la frente en la suya y sonrió también.

–Era mucho más fácil no creer, pero te quiero, Elsa Stanton. Siento algo que no había sentido nunca antes.

Las lágrimas empezaron a correr por el rostro de Elsa, mezclándose con la lluvia, pero no le importó. No se molestó en limpiárselas.

–Yo también te quiero. Te quiero tal y como eres.

A Blaise se le aceleró el corazón, que, por primera vez en dos semanas, ya no le dolía.

–Necesitaba cambiar, Elsa. Y tú me has cambiado. Yo también me estaba escondiendo, pero tú has hecho que me muestre tal y como soy y te prometo que no volveré a esconderme de ti. Tendrás todo mi amor, mi cuerpo, mi corazón, para siempre.

–¿Y eso cómo lo sabes? –le preguntó ella con lágrimas en los ojos.

–Porque no he estado peor en mi vida que estos días sin ti.

–Yo también, y espero que no vuelvas a hacernos pasar por algo así.

–No lo haré.

Blaise se metió la mano en el bolsillo y sacó una pequeña caja forrada de terciopelo. Le había comprado un anillo porque había sabido que, si quería que volviese con él, tenía que dejar a un lado su orgullo y arrodillarse delante de ella, para intentar convencerla de que le diese otra oportunidad. Para intentar convencerla de que estuviese con él para siempre.

–¿Quieres casarte conmigo?

Elsa se arrodilló también y lo miró a los ojos.

–Sí.

Blaise abrió la caja y se alegró al ver la expresión del rostro de Elsa.

–Es rosa –dijo, sacando el anillo de platino con un diamante rosa.

–Eres tú –le contestó él, poniéndoselo en el dedo.

–Es verdad, me conoces tan bien.

–Y tú a mí y, aun así, parece que me quieres.

Elsa se inclinó hacia él y tomó su rostro con ambas manos.

–Te quiero porque te conozco.

Blaise la besó. Jamás se cansaría de sus labios. Jamás se saciaría de ella. Le metió las manos debajo de la camisa y tocó su piel.

–Eres perfecta, Elsa Chevalier. En todos los aspectos.

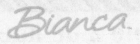

No podía olvidar aquellas ardientes noches en el desierto...

Doce años atrás, en el desierto de Burquat, Julia le había entregado su corazón al jeque Kaden. Sus ardientes noches en las dunas, bajo un manto de estrellas, le habían hecho pensar que eran los únicos seres humanos en el planeta... hasta que una amarga traición lo destruyó todo.

Cuando volvió a encontrarse con Kaden por casualidad, Julia decidió ignorar los recuerdos del pasado, pero el magnetismo sexual de Kaden hacía que la llamada del desierto fuese tan poderosa...

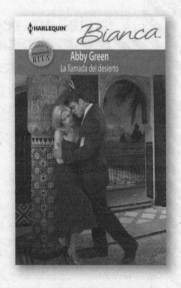

La llamada del desierto

Abby Green